I. DIGAS   Lieblich pfeift der Rohrstock

I. DIGAS ist das Pseudonym eines deutschen Autors, der seit seinem 18. Lebensjahr das Spanking liebt und es auslebt.

I. DIGAS

Lieblich pfeift der Rohrstock

Spankingtexte

© 2023 I. DIGAS

Herstellung und Verlag: BoD – Books on Demand, Norderstedt

Printed in Germany

ISBN: 978-3-7347-1077-3

Titelfoto: I. DIGAS

Inhaltsverzeichnis

Vorwort

Von dem regen Zuspruch meiner vorangegangenen Bücher mit Kurzgeschichten aus der Welt des Spankings ermutigt, habe ich weitere Texte geschrieben. Einzelne davon sind bereits in einem Spankingmagazin abgedruckt worden, aber bei Weitem nicht alle. Damit erleben mit diesem Buch ein paar Geschichten erstmals ihre Veröffentlichung in Buchform, während es für den überwiegenden Teil der Texte die Erstveröffentlichung darstellt.

Natürlich sind alle in den vorliegenden Geschichten konzipierten Personen über achtzehn Jahre alt und ebenso selbstverständlich beruhen alle Aktivitäten auf gegenseitigem Einvernehmen. Dieser Konsens wird von Außenstehenden zwar oftmals übersehen, er ist aber dennoch vorhanden. Mit diesem ausdrücklichen Hinweis soll das verdeutlicht werden.

Aber nun genug der Vorrede. Ich wünsche allen Leserinnen und Lesern viel Vergnügen bei der Lektüre der in diesem Buch versammelten Texte!

Mit besten Grüßen
Ihr/euer
I. DIGAS

Man sieht sich immer zweimal

Es war ein wunderschöner Frühlingsmorgen. Während die Sonne vom Himmel lachte, verfluchte Werner immer noch sein Auto! Der Wagen war einfach nicht angesprungen, dabei hatte noch am Vortag alles zuverlässig funktioniert. Nun musste Werner die Straßenbahn nehmen und er, der gewissenhafte und immer pünktliche Chef des kleinen, aber erfolgreichen Unternehmens, würde heute zu spät im Büro sein. Immerhin hatte er seine Sekretärin erreicht und ihr von seiner Verspätung berichten können. Sofort hatte die gute Frau Lindner alle betroffenen Termine umgelegt, nur mit dem Vorstellungsgespräch von Fräulein Nicole Krüger war das nicht möglich gewesen. Offenbar war die junge Dame bereits unterwegs, und in Unkenntnis einer mobilen Telefonnummer konnte Frau Lindner ihrem Chef nur anbieten, die Bewerberin bis zu seinem Eintreffen warten zu lassen und mit Kaffee zu bewirten. Er stimmte zu, stöhnte aber innerlich gequält auf. Dieser ganze Aufwand wegen eines kaputten Autos – wahrscheinlich war der Schaden am Wagen gering, aber die Umlegung der Termine als dessen Folge war beachtlich.

Nun saß er also in der Straßenbahn. Trotz des schönen Wetters war Werner genervt. Die Fahrt würde noch zehn Minuten dauern, danach müsste er noch eine kurze Strecke zu Fuß gehen. Immerhin war die Straßenbahn nicht sehr voll, weshalb er in der leeren Vierersitzgruppe gleich den Sitzplatz am Gang genommen hatte. Damit hatte er genug Spielraum, um seine Beine in Richtung des Fensters ausstrecken zu können – zumindest solange, wie niemand in seiner Sitzgruppe einen Platz beanspruchte.

Gerade verlangsamte die Bahn zum wiederholten Male ihre Fahrt, weil eine weitere Haltestelle in Sicht kam. Zusammen mit zwei anderen Fahrgästen stieg eine junge Frau von etwa Mitte Zwanzig ein. Sie wirkte sehr nervös, beinahe hektisch, und nahm sofort den nächstgelegenen Sitz ein. Es war der Platz gegenüber von Werner. Ihre Nervosität erregte seine Aufmerksamkeit. Verstohlen musterte er ihre hellblaue Bluse, unter der sich ein züchtiges Unterhemd abzeichnete, das wiederum die Konturen des Büstenhalters sittsam zu verschleiern suchte. Dieses Unterfangen wurde von langem schwarzem Haar unterstützt, das immer wieder unkontrolliert bis zu den Brüsten herabfiel und ebenso oft mit fahrigen, aber energischen Bewegungen von der jungen Frau wieder in den Nacken geschoben wurde. Während ihr das Haar dann eine Zeitlang über den Rücken fiel, konnte Werner erkennen, wie gut die Bluse von ihrem Vorbau ausgefüllt wurde. Er ertappte sich bei der Spekulation, wie fest wohl ihre Kugeln seien.

Um sich von diesem unsittlichen Gedanken abzulenken, ließ er den Blick langsam über den schlanken Körper der Frau gleiten. Sie bemerkte nichts davon, weil sie sich ihre kleine Handtasche auf den Schoß gestellt hatte und hektisch darin herumwühlte. Dafür bemerkte Werner, dass sich ihr kurzer Faltenrock irgendwie an einer Armlehne verfangen haben musste und dadurch etwas von ihrem Schenkel freilegte. Zudem wurde der Rock durch die unachtsam auf ihrem Schoß abgestellte Handtasche zusätzlich noch ein Stückchen weiter hinaufgeschoben. Durch die Kombination dieser beiden Zufälle wurden beide Oberschenkel bis weit hinauf entblößt und boten Werner sehr tiefgehende Einblicke in die Gefilde, die sonst weit unter dem Rock im Verborgenen lagen. Der Zufall verhalf ihm nun aber zu der Erkenntnis, dass die Frau keine schwarze Strumpfhose, sondern halterlose Strümpfe in Schwarz trug. Zudem glaubte er in ihrer Körpermitte etwas Weißes blitzen zu sehen und folgerte, dass das ihr Höschen sein müsse.

Nach einer gefühlten Ewigkeit schien die Frau endlich gefunden zu haben, was sie so verzweifelt in ihrer Handtasche gesucht hatte. Mit einem erleichterten Seufzen ließ sie sich zurückfallen und kam endlich zur Ruhe. Nun hatte sie auch die Muße, ihr Gegenüber kurz zu mustern. Dabei bemerkte sie das lange Verharren von Werners Augen auf ihren Beinen, während er ihren Brüsten nur kurze Blicke zuwarf. Sie war es gewohnt, dass die Männer auf ihren üppigen Busen starrten, aber gewöhnlich verharrten die Blicke auch dort und weniger auf ihren Beinen. Die junge Frau beschlich daher das Gefühl, dass mit ihrer Kleidung etwas nicht in Ordnung sein könnte. Hatte sie etwa eine Laufmasche in einem der Strümpfe?

Sie zögerte etwas, aber dann stellte sie wie zufällig ihre Handtasche auf den Sitz neben sich und schaute verstohlen an sich herunter – sofort bemerkte sie den verschobenen Rock. Nun ahnte sie, dass Werner das Ende ihrer Strümpfe sehen konnte, war sich aber nicht sicher, ob er auch ihr Höschen erkennen konnte. Ihre Wangen begannen rot zu werden, was Werner schmunzelnd zur Kenntnis nahm. Junge Frauen hatten in seinen Augen kaum noch ein Schamgefühl, so dass es ihn freute, dass diese Dame offensichtlich eine erfreuliche Ausnahme war. Er lächelte sie freundlich und unverbindlich an. Dabei erwartete er nun eigentlich, dass sie nach dem Erkennen ihres Malheurs den Rock unverzüglich züchtig zurechtstreichen würde, aber genau das geschah nicht! Zu seiner grenzenlosen Überraschung lächelte ihn die Frau stattdessen nach kurzem Zögern keck an. Als er verwirrt, aber freundlich zurücklächelte, formte ihr Mund ein tonloses ‚Oh!‘, ohne ihn aus den Augen zu lassen. Gleich darauf ließ sie den Rocksaum geschickt ein Stück höher rutschen anstatt ihn herunterzuziehen. Auf diese Weise wurden nicht nur ihre Oberschenkel vollständig enthüllt, sondern jetzt wurde auch der Ansatz ihres Slips deutlich sichtbar. Wie vermutet war er weiß, weshalb er besonders gut mit dem schwarzen Minirock und den Strümpfen kontrastierte.

Irritiert starrte Werner auf den unerwarteten Anblick, der sich seinen Augen darbot. Er wollte seinen Blick abwenden, aber es ging nicht. Es war, als würde eine unsichtbare Macht seinen Blick magnetisch anziehen, und so starrte er der Unbekannten recht ungeniert unter den Rock. Dabei war er so intensiv in die Betrachtung der Beine und des Slipansatzes vertieft, dass er nicht gleich bemerkte, wie die Frau ihren Oberkörper zu ihm hinüberbeugte. Erschrocken zuckte er daher zusammen, als sie ihm leise zuflüsterte: „Vorne Spitze, hinten schlicht." Dann lehnte sie sich wieder zurück und tat, als wäre nichts gewesen, ja, als würde sie Werner überhaupt nicht bemerken. Aber sie war sich seiner Anwesenheit voll und ganz bewusst, denn während der weiteren Fahrt spielte sie mit dem Rocksaum herum: mal schob sie ihn wie den Vorhang an einer Theaterbühne herunter, dann zog sie ihn langsam wieder hoch. Es war eine überaus anregende Vorstellung, die sie da ablieferte.

Werner vergewisserte sich mit einem raschen Seitenblick, dass niemand außer ihm die Vorstellung sehen konnte. Die Frau machte das Ganze also ausschließlich für ihn. Bei dieser Erkenntnis fühlte Werner eine mächtige Beule in seiner Hose, die immer schmerzhafter gegen den Stoff drückte, je länger die junge Frau mit ihrem Rocksaum spielte. Da er sich unmöglich mitten in der Straßenbahn Erleichterung verschaffen konnte, wollte er den Blick von dem verführerischen Anblick schließlich unter Aufbietung all seiner Willenskraft mit Gewalt abwenden - aber es gelang ihm nicht, der Zauber des Augenblicks und die Anziehungskraft ihrer Süßigkeiten waren stärker. Er war unfähig, die Augen von dem unverhofften Schauspiel zu lassen, und so oft er sich auch von dem Anblick losriss, genauso oft kehrte er schon nach wenigen Sekunden wieder dorthin zurück. Er fühlte sich wie eine Marionette, an der jemand die Fäden zog und damit sein Handeln bestimmte.

Endlich beendete das Erreichen von Werners Haltestelle die unerwartete Präsentation, allerdings nicht ohne einen fulminanten Schlusspunkt: Offensichtlich musste die junge Dame ebenfalls aussteigen, aber beim Aufstehen stellte sie sich so ‚ungeschickt' an, dass ihr Werner ganz tief zwischen die gespreizten Beine schauen und das von weißem Stoff überzogene Geschlecht deutlich erkennen konnte. Er glaubte sogar die ‚Schamlippen zu erkennen, die seitlich aus dem Slip zu quellen schienen. Da sie schneller aufgestanden war und nicht zuletzt wegen des neuerlichen Einblick saß Werner noch wie gebannt auf seinem Sitz, während sie bereits stand. Sein Gesicht war ungefähr auf Höhe ihrer Schamgegend, als sie plötzlich dicht vor seinem Gesicht rasch ihren Rock hochhob und Werner den Anblick ihres Höschens gewährte. Er konnte deutlich die feine Spitze am Vorderteil ihres weißen Slips erkennen.

Lächelnd beugte sich die junge Frau zu seinem Ohr hinunter und raunte hinein: „Vorne Spitze, wie versprochen." Mit einem freundlichen Lachen ließ sie dann geschickt den Rock wieder fallen, streckte ihm die Zunge raus und sprang mit wenigen Sätzen aus der Straßenbahn. Werner war über die Dreistigkeit dieser jungen Frau so perplex, dass er wegen seiner aufgewühlten Sinne beinahe seinen eigenen Ausstieg verpasst hätte. Erst im letzten Moment sprang er auf und schaffte es gerade noch, die Bahn zu verlassen. Von der jungen Frau war weit und breit nichts mehr zu sehen. Dafür wurde ihm bewusst, wie erregend das von ihr aufgeführte Schauspiel gewesen war, denn er wurde sich schlagartig wieder der enormen Beule in seiner Hose bewusst. Leicht vorne übergebeugt eilte er los und hatte das Glück, ein Taxi zu erwischen. Zwar war es bis zu seiner Firma nur eine kurze Wegstrecke, aber mit einem deutlich erkennbaren Ständer wollte er nicht durch die Straßen laufen. Also ließ er sich rasch zu seiner Firma fahren und erreichte durch den Hintereingang sein Büro. Verspätet und innerlich von dem eben Erlebten immer noch aufgewühlt, wollte er keinem seiner Angestellten begegnen und vermied daher den Weg durch den Haupteingang. Falls Frau Lindner bei seinem Durchqueren ihres Büros etwas von seiner langsam abklingenden Erektion bemerkt haben sollte, war sie professionell und taktvoll genug, um es geflissentlich zu übersehen.

Er hatte gerade noch Zeit, hastig eine Tasse Kaffee hinunterzustürzen, als ihm von der Sekretärin auch schon die Bewerberin Nicole Krüger gemeldet wurde, mit der er ein Vorstellungsgespräch wegen einer Stelle im Marketingbereich hatte. Nach außen wirkte er vollkommen gefasst wie immer, und die innere Erregung hatte sich inzwischen fast gelegt. Werner fühlte sich bereit für das Vorstellungsgespräch.

„Soll reinkommen", rief er betont jovial.

Frau Lindner gab die Tür frei und eine junge Dame von etwa Mitte Zwanzig betrat das Büro. Während Frau Lindner das Zimmer verließ und die Tür hinter sich schloss, strebte die Bewerberin mit freudigem Lächeln dem Schreibtisch entgegen. Werner hatte sich bereits daraus erhoben, als sich die Blicke der beiden trafen und sich Erkennen ausbreitete. Während die Gesichtszüge von Nicole Krüger entgleisten, erstarrte Werner vor Überraschung.

„Sie?", hauchte die junge Frau entgeistert, während sich ihr Gesicht puterrot verfärbte.

Auch Werner dachte sofort an das Erlebnis in der Straßenbahn und spürte, wie sich sein gerade erschlafftes Glied schon wieder versteifte. Kein Wunder bei seiner sofort wieder präsenten Erinnerung an ihre gekonnte Vorführung und an den Anblick ihres Höschens. Sein Wissen um die Farbe und das Aussehen ihres Slips waren alles andere als geeignet, locker zu bleiben und professionelle Distanziertheit zu bewahren.

„Das – das ist mir – mir aber sehr peinlich", stotterte die Frau, „ich – ich gehe natürlich sofort wieder."

Sofort schaltete sich Werners Verstand ein: Wenn sie das wirklich tat, würde sich Frau Lindner sehr wundern, weil Werner doch genau diese Bewerberin angesichts der Noten und Referenzen ihr gegenüber immer wieder als seine Wunschkandidatin und das Vorstellungsgespräch als ‚reine Formalität' bezeichnet hatte. Würde sie nun aber schon nach wenigen Minuten wieder gehen, würde das Fragen aufwerfen. Auch wenn Frau Lindner diese sicher aus Taktgefühl nicht laut stellen würde, müsste Werner eine Erklärung liefern. Aber welche sollte das sein? In seinen Gedanken formte sich die Erkenntnis, dass es besser wäre, wenn das Gespräch einige Zeit dauern würde. Ihm war klar, dass er somit alles tun musste, damit zumindest eine halbe Stunde bis zu Nicole Krügers Verlassen des Raumes vergehen würde.

„Aber warum denn? Wenn ich nicht irre, dann – dann haben wir ein Bewerbungsgespräch zu führen, oder? So etwas sollten sie nicht – äh - leichtfertig aufgeben", begann er daher mit etwas krächzender Stimme, denn sein Mund war plötzlich so trocken wie die Wüste Gobi.

„Ja, schon", murmelte sie mit hochrotem Kopf, „aber – ich meine – vorhin – in der Straßenbahn – sie müssen einen, nun ja, völlig falschen Eindruck von mir bekommen haben."

„Was – äh - was war denn in der - hm - Straßenbahn?", fragte Werner scheinheilig, obwohl vor seinem inneren Auge sofort das Bild von ihren wohlgeformten Oberschenkeln und dem geschmackvollen Höschen präsent war. Sofort richtete sich sein Glied so weit auf, wie es der Hosenstoff erlaubte. Es war ein zwar lustvolles, aber wegen der beengten Verhältnisse auch beinahe schon schmerzhaftes Vergnügen. Werner spürte, dass er unbedingt seine Gefühle in den Griff bekommen musste, damit er bei diesem Gespräch halbwegs normal sprechen konnte. Aber mit einer Riesenerektion in der Hose war das leichter gesagt als getan. Wenn er den vorwitzigen Ständer nicht schnellstmöglich klein kriegen würde, könnte er ihm die Sinne vernebeln und seine Gesprächsbeiträge zu einem wirren Gebrabbel degradieren.

Werner hatte Glück, denn seine vorgetäuschte Unwissenheit verfehlte nicht ihre Wirkung und verschaffte ihm etwas Zeit: „Was in...", begann eine ehrlich verblüffte Nicole, „aber...sie...ich habe - äh - dass waren sie doch, oder?" Ihr Blick war beinahe hoffnungsvoll auf ihren potentiellen Arbeitgeber gerichtet. Innerlich betete sie, dass sie einem Irrtum aufgesessen und der Mann in der Straßenbahn nicht ihr möglicher neuer Chef gewesen sein möge.

Leider wurde ihre Hoffnung jäh zerstört: „Na gut, wir wissen beide, was da war", räumte Werner ein, woraufhin Nicoles Schultern etwas nach unten sackten und die Hoffnung in ihren Augen erlosch.

„Aber nun sagen sie mir mal, was sie mit ihrer kleinen – hm, nun - bezeichnen wir das mal als ‚Show', eigentlich bezwecken wollten? Spielen sie auf diese Weise öfter mit – äh - fremden Männern?"

„Was? Nein, nein, um Himmels willen, das war – war meine Nervosität. Erst konnte ich meine Fahrkarte nicht finden und hatte Angst, in eine Kontrolle zu geraten und darüber den Termin hier zu verpassen...."

„Ach so, deshalb haben sie so intensiv in ihrer Handtasche gewühlt?"

„Ja, und deshalb habe ich leider auch nicht sofort auf den – äh - korrekten Sitz meines Rockes geachtet. Das mache ich sonst immer! Ganz ehrlich! Naja, und als ich dann die Fahrkarte gefunden hatte und mich langsam entspannte, habe ich ihre Blicke bemerkt. Ich dachte erst, sie würden mir wie viele andere Männer auf die Brüste starren, das kenne ich schon, denn ich bin obenrum etwas üppig ausgestattet und das lockt immer Männerblicke an. Aber dann habe ich bemerkt, dass sie meine Beine anstarren und – naja, gleich darauf habe ich das Malheur mit meinem Rock gesehen. Im ersten Moment war es mir peinlich, dass sie ganz offensichtlich so tief unter meinen Rock sehen konnten, aber dann - dann kam mir die Idee, mich von meiner Nervosität vor diesem Gespräch abzulenken, und da habe ich - naja, da habe ich - habe ich mich – nicht ganz korrekt verhalten. Ich habe ja nicht gewusst – ich meine – ich habe nicht - hätte ich geahnt…"

Mit einer scharfen Handbewegung schnitt ihr Werner das Wort ab. Tatsächlich verstummte sie augenblicklich und senkte den Blick wie ein ertapptes Schulmädchen. Dabei fielen ihr ein paar Haarsträhnen vor das Gesicht, aber er konnte dennoch durch den Vorhang von Haupthaar die dunkle Schamesröte auf ihren Wangen erkennen.

Langsam hatte Werner das Gefühl, Oberwasser zu bekommen. „Fräulein Krüger", hob er daher mit etwas festerer Stimme an, „wir sind ein seriöses Unternehmen und sie wollen in unserer Marketingabteilung arbeiten. Glauben sie wirklich, dass schamloses Verhalten in der Öffentlichkeit für mein Unternehmen nützlich wäre? Was glauben sie, inwieweit ihr pubertäres Verhalten unserem Image förderlich sein könnte?"

„Ich – ich weiß, dass ich mich – dumm - verhalten habe", stammelte die Gefragte, „und sie haben vollkommen Recht, dass es – pubertär – war. Aber", jetzt bekam ihr Blick etwas Flehendes, „meine Noten sind hervorragend und mein Verhalten… ich meine, es wird nicht mehr vorkommen, ganz bestimmt!"

„Ihre Noten sind wirklich hervorragend", bestätigte Werner, „die gesamte Bewerbung ist die Beste von allen. Aber wie soll ich sicher sein, dass sie ihr ungebührliches Verhalten von heute Morgen nicht ständig hinter meinem Rücken wiederholen?"

Fräulein Krügers Schultern sackten noch tiefer herab. Es schien, als würde ihre letzte Hoffnung auf die Stelle schwinden, aber dann hatte sie noch eine letzte Idee: „Sie können sich darauf verlassen, dass ich der Firma keinen – äh – Imageschaden zufügen werde", erklärte sie, „mein Vater ist Werkstattleiter bei ihnen und ich würde niemals seinen Arbeitgeber in Verlegenheit bringen!"

Werner blickte sie erstaunt an. Dann überzog sein Gesicht eine Welle der Erinnerung: „Ja, richtig, ihr Vater ist ja bei uns. Meine Sekretärin, die Frau Lindner, hatte das neulich erwähnt. Das war mir entfallen. Ich bin gespannt, wie er auf ihre Eskapaden reagieren wird."

Plötzlich war Fräulein Krüger leichenblass.

„Bitte", hauchte sie, „bitte sagen sie meinem Vater nichts von dem – dem – Zwischenfall. Wenn er hört, dass ich – dass ich – deswegen - die Stelle nicht bekommen habe, schlägt er mich grün und blau! Auf so etwas reagiert er sehr – hm, naja, sagen wir: allergisch."

Werner hob fragend eine Augenbraue. Als Fräulein Krüger keine Anstalten zum Weitersprechen machte, fragte er direkt nach: „Es war also nicht der erste Vorfall dieser Art?"

„Naja, doch, irgendwie schon", murmelte sie leise, „in der dreizehnten Klasse hat sich mal ein Lehrer bei ihm beschwert, dass ich – naja, dass ich breitbeinig im Unterricht sitzen würde und er mir unter den Rock schauen könnte." Sie hob den Kopf und fügte hektisch hinzu: „Das habe ich aber nicht absichtlich gemacht, das müssen sie mir glauben! Es war ein Versehen, weil - es war Matheunterricht, und der Stoff war schwer, also musste ich mich stark konzentrieren, um dem Stoff folgen zu können. Na ja, da habe ich dann nicht so sehr auf meine Sitzposition oder deren Auswirkung auf meine Kleidung, sondern mehr auf die Erklärungen meines Lehrers geachtet, und da war dann wohl etwas mehr zu sehen als schicklich war."

„Hat ihr Vater ihre Version der Geschichte geglaubt?"

„Nein", hauchte sie nach einer kleinen Pause und ihr Gesicht wurde wieder tomatenrot, „er hat mich mit seinem Gürtel kräftig verhauen und danach zur Wohnung des Lehrers gefahren. Ich musste mich bei Herrn Franke entschuldigen, und dann hat mein Vater ihm von meiner Bestrafung erzählt. Die beiden haben sich darauf geeinigt, dass die Sache damit erledigt sei. Allerdings sollte mein Lehrer sich sofort bei meinem Vater melden, wenn ich mich wieder ‚daneben benehmen' sollte. Zum Glück war das kurz vor den Abiturprüfungen, so dass ich dieser peinlichen Atmosphäre bald entkommen war!"

Werner atmete tief durch.

„Nun ja, ihr Vergehen von heute kann man angesichts der unterschiedlichen Umstände tatsächlich nicht als Wiederholungstat bezeichnen, aber eine ordentliche Tracht Prügel hätten sie dafür schon verdient. Vielleicht sollte ich sie als Bewerberin ablehnen und ihrem Vater die Gründe dafür in einem Vier-Augen-Gespräch erläutern. Was meinen sie?"

Nicole rutschte jetzt leichenblass und voller Unbehagen auf dem Besucherstuhl herum und suchte nach Worten. Sie war kurz davor, die Beherrschung zu verlieren und bettelte schließlich mit weinerlicher Stimme: „Bitte, weisen sie mich nicht weg der – äh - Dummheit – in der Straßenbahn ab! Es wird nie mehr vorkommen, ganz bestimmt! Und – sie sagten doch selber, dass ich die beste Bewerberin bin. Es wäre doch für ihre Firma zu schade, wenn es wegen – wegen so einer Dummheit nicht mit mir klappen würde, nicht wahr? Ich verspreche ihnen auch, mich tüchtig ins Zeug zu legen und wie eine Wilde zu arbeiten!"

Mit großen Augen schaute sie ihn ängstlich an. Ihre ganze berufliche Karriere konnte von seiner Antwort abhängen, denn für Berufsanfänger waren gute und vor allem unbefristete Stellen sehr rar. Zudem wusste sie nicht, wie sie ihrem Vater den Grund für die Absage in ‚seiner' Firma beibringen sollte.

Werner war ebenfalls in Gedanken versunken. Die junge Frau hatte sehr gute Qualifikationen, sie war talentiert und motiviert. Sie konnte für sein Unternehmen in der Tat von großem Nutzen sein. Andererseits wusste er nicht, ob ihre heutige Eskapade in der Straßenbahn eine Ausnahme war oder ob sie zu einem solchen Verhalten neigte.

Schließlich gab er sich einen Ruck: „Also gut, sie haben die Stelle", aber er fügte scherzhaft hinzu: „wenn – und das ist die Bedingung, wenn sie hier und jetzt für ihr Fehlverhalten in der Straßenbahn Buße tun. Einverstanden?"

Sie schaute ihn völlig überrascht an, bevor sie ein gedehntes „Okaaaaayyyy" hören ließ. Als Werner keine Anstalten machte um fortzufahren, fragte sie leise nach: „Und was - was wäre meine – hm, Buße?"

„Nichts Unbekanntes für sie: ein versohlter Hintern und eine Entschuldigung bei mir." Werner grinste sie schelmisch an. Obwohl er wusste, dass sie gleich ablehnen und er das Ganze als Spaß bezeichnen würde, bereitete es ihm Freude, ihre Verwirrung und die tiefe Röte auf ihrem Gesicht zu registrieren. Doch auch wenn Nicole Krüger peinlich berührt war, konnte er fühlen, wie ihre Augen fragend seine Mimik erforschten.

Gerade als die Stille peinlich zu werden drohte, erklang ihre leise Stimme: „Wenn – wenn sie mich - bestraft - haben, dann – dann ist alles vergessen und ich - ich habe die Stelle? Mein Vater erfährt kein Wort, weder von der Sache in der Straßenbahn noch von meiner - äh, Bestrafung?"

Offensichtlich war sie tatsächlich bereit, für ihr Verhalten mit einem Povoll zu büßen. Mit dieser Reaktion hatte Werner nicht gerechnet. Nun schaute er forschend in ihre Augen. Dabei bemerkte er, dass der Blick der jungen Frau zwischen Hoffnung und Bangen schwankte. Schlagartig wurde ihm bewusst, wie viel ihr dieser Arbeitsvertrag tatsächlich bedeutete.

„Ja", bestätigte er daher mit krächzender Stimme, „dann hat es den – äh - Vorfall – nie gegeben."

Die junge Frau nickte langsam: „Gut, dann – dann bin ich – bereit. Was – was soll ich machen?"

Erst jetzt wurde Werner richtig bewusst, dass die Bewerberin tatsächlich zum Strafantritt bereit war. Ihre schnelle Bereitschaft dazu überraschte ihn, aber zugleich fühlte er große Freude in sich – und seine riesige Beule in der Hose würde gleich den Stoff sprengen.

„Stehen sie auf und ziehen sie den Rock aus. Dann beugen sie sich über meinen Schreibtisch und legen die Unterarme auf die Tischplatte", kommandierte er. Während er das sagte, schob er schnell alle hinderlichen Gegenstände auf seinem Schreibtisch beiseite.

Nicole zögerte kurz, aber dann stand sie mit zitternden Beinen auf und nestelte nervös an ihrem Rock herum. Gleich darauf fiel das Kleidungsstück und gab den Blick auf ihre langen Beine und auf ihre slipbedeckte Intimgegend frei. Werner konnte nun die schwarzen Strümpfe in ihrer ganzen Länge und zudem Nicoles Höschen in seiner ganzen Schönheit bewundern. Sie hatte in der Straßenbahn nicht gelogen, das Wäschestück hatte vorne tatsächlich eine überaus filigran gearbeitete Spitze, während es hinten schlicht gehalten war. Das Aussehen des Vorderteils kannte er ja bereits, aber nun bewunderte er genießerisch die Rückansicht.

Es dauerte ein paar Augenblicke, aber dann riss sich Werner zusammen und entnahm einer Schublade ein großes hölzernes Lineal. Damit ging er um den Tisch herum, während sich Nicoles Augen weiteten.

„Damit – damit soll ich – bestraft werden?", hauchte sie, „das sieht – sieht schlimm aus!"

24

„Es soll ja auch eine Strafe und keine Wohltat sein, nicht wahr? Oder soll ich Frau Lindner ihre Ablehnung diktieren und als Grund ‚schamloses Verhalten in der Öffentlichkeit' angeben?"

„Nein, bloß das nicht!", rief sie erschrocken aus.

Bevor Werner seine Aufforderung zur Einnahme der Strafposition wiederholen konnte, hatte Nicole bereits den Oberkörper auf die Tischplatte gepresst und umklammerte mit den Händen die gegenüberliegende Tischkante. Offensichtlich war ihr diese Strafstellung nicht ganz unbekannt, was darauf hindeutete, dass ihr Vater sie trotz ihrer Volljährigkeit immer noch mit Strenge behandelte. Nicoles wohlgeformtes pralles Gesäß ragte nun genau vor Werner in die Höhe und wartete auf die anstehende Bestrafung. Deutlich konnte er sehen, wie ihre Globen vor Aufregung leicht zitterten.

Wieder machte sich die gewaltige Beule in seiner Hose unangenehm bemerkbar. Eine solche Erektion hatte er schon lange nicht mehr gehabt, und sie drängte mit Vehemenz ins Freie. Nur mühsam brachte er seine Gedanken und die Atmung wieder unter Kontrolle.

Sanft, beinahe zärtlich strich Werner über den weißen Stoff, der Nicoles Po zu zwei Dritteln bedeckte. Die Berührung ließ ihre Kehrseite nun heftig erzittern, als ob sie bereits geschlagen worden wäre. Nur mühsam konnte er der Versuchung widerstehen, mit einem Finger durch ihre Pokerbe zu fahren und danach vielleicht tiefer zu rutschen. Dafür war deutlich zu erkennen, wie sich der Stoff des Höschens durch die Bewegungen der Pobacken langsam in die Kerbe des erregten Hinterteiles schob. Als Nebeneffekt wurden dadurch die Ansätze ihrer Schamlippen freigelegt und boten sich nun beinahe ungeniert seinen Augen dar. Wenn er jetzt mit dem Finger...

Wieder riss sich Werner energisch zusammen. Um nicht doch noch in die Versuchung unsittlicher Griffe zu geraten, trat er rasch neben Nicole, nahm kurz Maß und ließ das Lineal härter als gewollt auf ihr Hinterteil niedergehen.

Ein lauter Schrei war die Antwort, der mittendrin erschrocken abbrach.

„Keine Sorge, die Wände sind schallgedämpft, das braucht man bei wichtigen Geschäftsverhandlungen. Du kannst also ruhig schreien", beruhigte er Nicole.

Unbewusst duzte er nun die Frau. Ihr Nicken als Zeichen des Verstehens war so unmerklich, dass er es beinahe nicht bemerkt hätte. Eine Haarsträhne fiel ihr ins Gesicht und verbarg teilweise dessen dunkle Schamesröte.

Werner konzentrierte sich wieder auf ihr verlockendes Gesäß. Er holte erneut mit dem Lineal aus und abermals knallte es laut und vernehmlich, als das Holz den Frauenpo traf. Diesmal wurde ihr Schmerzlaut von heftigem Gezappel ihrer Beine begleitet, aber trotz aller Zuckungen blieb sie gehorsam auf der Tischplatte liegen.

Jetzt ließ Werner weitere Hiebe folgen. Die Schreie wurden immer lauter, das Strampeln ihrer Beine immer wilder. Zweimal hob sich sogar ihr Oberkörper von der Tischplatte, aber beide Male hatte sie die Geistesgegenwart, sich sofort an der gegenüberliegenden Tischkante festzukrallen und wieder nach unten zu ziehen. Es war aber deutlich erkennbar, wie viel Mühe ihr das bereitete und wie viel Selbstbeherrschung sie aufbringen musste, um nicht doch aufzuspringen.

Werner hatte daher ein Einsehen mit ihr und presste Nicole mit einer Hand auf die Tischplatte, so dass sie nun nicht mehr so leicht hochkommen konnte, während er mit der anderen Hand in regelmäßigen Abständen ihr Gesäß mit dem Holzlineal bearbeitete. Er achtete aber darauf, dass sie sich zwischen zwei Schlägen immer wieder beruhigen konnte, schließlich war er ja kein Unmensch. Allerdings musste sie dadurch den Schmerz eines jeden Hiebes voll auskosten.

Auch wenn Nicole von Werners Hand fest auf der Tischplatte fixiert wurde, konnte sie weiterhin mit den Beinen strampeln. Dadurch und auch durch das Winden ihres Unterleibes hatte sich der Stoff ihres Höschens immer weiter in die Poritze gezogen, so dass die von den Schlägen inzwischen feuerrot leuchtende Haut der Globen frei lag und die Spuren der Bestrafung deutlich vor Werners Augen sichtbar waren. Das Lineal hatte bislang sehr gute Arbeit verrichtet und Werner meinte, die Hitze von Nicoles Po geradezu in der Luft spüren zu können.

Nachdem er ihr zwei Dutzend Hiebe aufgezählt hatte, wollte er sie schon loslassen, als er plötzlich einen verräterischen dunklen Fleck im Schritt ihres Slips sah. Von einem Impuls geleitet, schob er den Höschenstoff beiseite und strich mit einem Finger über ihren Schlitz. Ihr Geschlecht war klatsch-nass!

Nicole war so mit dem Brennen auf ihrem Po und der Bekämpfung der Schmerzen beschäftigt, dass sie Werners Erkundung erst bemerkte, als dieser bereits über ihre feuchte Lustgrotte Bescheid wusste. Sie wollte noch etwas sagen, sich irgendwie rechtfertigen, aber ein dicker Kloß schnürte ihr die Kehle zu.

Nachdem sich Werner von seiner überraschenden Entdeckung erholt hatte, steckte er etwas derb zwei Finger in Nicoles Möse und ließ sie mehrmals vor und zurück gleiten. Dann zog er sie mit der anderen Hand an ihren langen Haaren in die Höhe und hielt Nicole die vom Geilsaft glänzenden Finger direkt vors Gesicht.

„Was ist das?"

Ihr ohnehin schon knallrotes Gesicht verfärbte sich noch dunkler.

„Antworte!" Ein leichtes Schütteln ihres Kopfes an ihren Haaren unterstrich die Aufforderung.

„Dass – ich…"

„Ich kann dich nicht verstehen, Frolleinchen! Sprich gefälligst deutlich!" Wieder schüttelte er mit den Haaren ihren Kopf.

„Ich – es ist – ist Muschisaft", hauchte sie mit einer Mischung aus Scham und Verzweiflung.

„Soso, Muschisaft. Du wirst also nass, während ich dir den Hintern versohle?"

Am liebsten hätte Nicole auf den Fußboden gestarrt, aber Werner hatte ihren Kopf jetzt so an den Haaren hochgezogen, dass sie auf den Zehenspitzen stehend ihm in die Augen schauen musste. Als sie nicht gleich antwortete, schüttelte er wieder ihren Kopf, dann wiederholte er seine Frage.

„Ja", hauchte sie schließlich.

Jetzt war Werner doch verblüfft: „Es macht dich also scharf, versohlt zu werden, ja? Warst du deshalb sofort mit meinem Vorschlag einer Bestrafung einverstanden? Wolltest du nur für dich selber geil werden oder wolltest du mich damit bezirzen?"

„Ich – ich mag es, von einem Mann - bestraft zu werden - aber nur für – für wirkliche Vergehen. Aber", jetzt sah sie ihn mit tränenverhangenen Augen an, „ich – ich hatte nicht damit gedacht, dass – dass – es mir – hier kommen würde. Ich wollte nur – nur meinen Fehler - in der Straßenbahn wettmachen. Wegen der Stelle. Ehrlich! Es tut mir leid! Ganz ehrlich!"

„Das sollte es auch!", bellte Werner.

„Ich - ich gehe dann wohl besser. Wenn sie meine Haare dann – bitte loslassen würden. Bitte entschuldigen sie mein Verhalten. Wenn – wenn sie mir einen letzten Gefallen tun wollen, dann begründen sie die Absage bitte mit einem besseren Bewerber. Wenn mein Vater den wirklichen Grund erfahren würde – dann wäre ich – er würde mich windelweich prügeln."

„Das würde dir doch aber richtig Spaß bereiten", höhnte er leicht gehässig, „da kannst du dann so richtig Geilschleim absondern!"

Nicoles Augen füllten sich mit Tränen: „Du bist gemein! Bei meinem Vater werde ich nicht scharf, eine Bestrafung von ihm ist ganz was anderes, schließlich ist er doch mein Vater!"

Werner sah die Frau die ganze Zeit forschend an, während er immer noch ihren Haarschopf fest in seiner Hand hielt. Nein, diese Verzweiflung war echt, das war keine Schauspielerei. Sofort wurde das wilde Pochen in seiner Hose noch stärker und sein Schwanz drängte mit aller Macht auf die einzige Entscheidung, die alle zufrieden stellen würde.

„Keine Sorge", hörte er sich daher mit rauer Stimme sagen, „dein Vater wird nichts von deinen – Vorlieben – erfahren. Auch nicht von deinen unmoralischen Verhaltensweisen."

Als sie ihn hoffnungsfroh anschaute, bellte er: „Für deine Geilheit gibt es aber gleich noch ordentlich was hinten drauf!"

Zunächst stand die junge Frau einfach nur starr wie eine Salzsäule da, offensichtlich konnte sie nicht glauben, was sie gerade gehört hatte. Als Werner aber ihre Haare losließ, ging sie nach einem Moment des Zögerns wie in Zeitlupe zu seinem Schreibtisch und nahm etwas unsicher die ihr bereits bekannte Strafposition ein.

Werner wusste, was er nun zu tun hatte. Er zählte ihr ohne große Pausen ein Dutzend harter Hiebe auf den dünnen Stoff ihres Schlüpfers auf. Sie konnte nicht anders und schrie schon beim dritten Schlag aus Leibeskräften, denn diese Hiebe waren deutlich schmerzhafter als die von der ersten Tracht Prügel.

Aber damit war es noch nicht vorbei! Als der Schmerz des letzten Schlages langsam verklungen war, musste sie den Slip ausziehen und erhielt ein weiteres Dutzend auf ihre nun blanke Kehrseite. Hatte ihr Mösensaft schon vorher den dünnen Stoff des Höschens getränkt und war von diesem nur mühsam aufgehalten worden, konnte ihr Geilsaft nun ungehindert die Beine hinunterlaufen. Sehr schnell schon war der obere Rand ihrer halterlosen Strümpfe völlig durchnässt, aber noch immer strömte es aus ihrer Lustgrotte heraus.

Schließlich hielt es Werner nicht mehr aus. Blindlings warf er das Lineal von sich und entledigte sich rasch seiner Hose. Gleich darauf fielen auch seine schwarzen Boxershorts. Die nun von ihrem einengenden Gefängnis befreite Liebeslanze stand kerzengerade in der Luft. Sofort trat Werner hinter Nicole und versenkte seinen wild pochenden Schwanz in ihrer feuchtheißen Liebeshöhle. Schon nach ein paar Stößen wimmerte sie einen Orgasmus aus sich heraus, dem rasch ein zweiter folgte. Als auch er seinen Höhepunkt kommen fühlte, wartete er auf den richtigen Moment. Als es ihnen zeitgleich kam, explodierten in ihren Köpfen alle nur denkbaren Farben des Universums.

Die Folgen einer Betriebsfeier

Martin und Tanja waren seit zwei Jahren verheiratet. Ihre Ehe war bislang noch kinderlos, weil beide ihre jeweilige berufliche Position festigen wollten. Während er in einer Bank arbeitete, bewegte sie sich in der Verwaltung der Universität.

An diesem Freitagabend saß Tanja allein zu Hause, da Martin bei der jährlichen Betriebsfeier war. Diese fand traditionell im Sommer und ohne Ehepartner statt, weil das Fest die ‚Teambildung' und die ‚Corporate Identity' stärken sollte. So etwas gelang nach Einschätzung der Personalabteilung im Sommer besser, weil dann alle wegen des Sonnenscheins und der luftigeren Kleidung ‚lockerer' seien. Dass nebenbei reichlich Alkohol floss und auch geflirtet wurde, war Tanja wohlbekannt, schließlich lief es bei den Universitätsfesten der Mitarbeiter auch so ab. Ihr war durchaus bewusst, dass Martin mit Sicherheit viel flirten würde, denn, so hatte er ihr erklärt: „Wenn man da nicht mitmacht, ist man ganz schnell ein Außenseiter, und das wäre für die Karriere gar nicht gut!" Nun, das kannte sie ebenfalls zur Genüge, denn in der Universitätsverwaltung lief das nach dem gleichen Schema. Deshalb hatten beide ein Abkommen geschlossen, nach dem sie zwar aus beruflicher Berechnung mit anderen flirten, aber keinen Sex haben durften.

Bei Martins Bank wurde entgegen der Vorgänge auf dem Betriebsfest offiziell sehr viel von Integrität gehalten, weshalb vor wichtigen Beförderungen der Vorgesetzte gewöhnlich den

Kandidaten samt Ehepartner zu einem Essen einlud um zu prüfen, wie es um die Ehe bestellt war. Tanja wusste allerdings, dass trotz des hohen Werts der Seriosität die Vorgesetzten ihres Mannes ältere Männer waren, die einen kleinen Flirt während des Essens sehr genossen und die Beförderung meistens als Dank für die Aufmerksamkeit der Frau aussprachen. Sie würde dieses Spiel am Dienstag der kommenden Woche wieder erleben und auch entsprechend gestalten, denn dann stand ein Essen an, bei dem es um Martins nächste Beförderung ging, die ihm ganz neue Perspektiven eröffnen würde.

Während Tanja an diesem Abend überlegte, was sie zu dem Essen anziehen sollte, erhielt sie plötzlich von einem Arbeitskollegen ihres Mannes eine Nachricht auf ihrem Mobiltelefon. Der Text war kurz und bündig: „Das treibt Dein Mann gerade!" Der E-Mail war eine Reihe von Bildern beigefügt, die offensichtlich mit einem Mobiltelefon aufgenommen worden waren. Die ersten vier Bilder zeigten zweifellos ihren Martin, wie er es einer Blondine im Stehen von hinten besorgte, die drei anderen Bilder zeigten, wie die gleiche Frau ihrem Mann einen blies.

Tanja starrte immer wieder auf die Bilder. Flirten war ja erlaubt, aber Sex hatten sie doch beide ausgeschlossen! Trotzdem hielt sie gerade den Beweis für seine Untreue in den Händen! Das war ungeheuerlich! Martin würde sich nicht damit herausreden können, dass der Fick für seine berufliche Karriere wichtig sein könnte, denn zum einen stand der Termin für das Gespräch bezüglich seines nächsten Schritts auf der Karriereleiter bereits fest. Zum anderen war die Frau auf den Fotos höchstens Anfang Zwanzig, also dürfte es wahrscheinlicher sein, dass sie sich einen Karriereschub erhoffte, wenn sie ihn verführte – und dabei war sie offensichtlich gewillt, restlos alle Waffen einer Frau einzusetzen. Dafür hatte Tanja sogar Verständnis, denn die Bankenwelt wurde von den Männern dominiert, da hatte es eine Frau sehr schwer aufzusteigen. Dennoch war Tanja stinksauer, vor allem auf ihren Mann! Dass Martin das Spiel der Blondine nicht durchschaut haben sollte, war ausgeschlossen, also wollte und genoss er den Sex mit seiner Kollegin.

In diesem Moment wurde Tanja erst so richtig bewusst, dass Martin mit jeder neu erklommenen Sprosse auf der Karriereleiter immer mehr erotischen Avancen ausgesetzt sein würde. Sie wusste, dass er sie liebte, aber konnte sie sich wirklich sicher sein, dass seine Liebe halten würde, wenn ihm ständig karrierehungrige Frauen sexuelle Gefälligkeiten anbieten würden? Wollte sie ihn mit Teilen der weiblichen Belegschaft seiner Bank teilen und dabei riskieren, dass er seine sexuellen Bedürfnisse bei seinen Kolleginnen befriedigte und sie dann irgendwann zur Putzfrau und Köchin degradiert wurde? Überhaupt, wie sollte das werden, wenn sie Kinder bekamen? Frauen hatten während der Schwangerschaft genug Probleme, die den Hunger auf Sex überlagerten. Würde sie ihn dann erst recht mit anderen, ihr unbekannten Frauen teilen müssen oder ihn gar ganz verlieren? Wollte sie es riskieren, als alleinerziehende Mutter ihr Dasein fristen zu müssen? Denn welcher Mann würde schon eine Frau mit Kind heiraten, wenn Martin sie verlassen würde?

Langsam hatte sich Tanja in einen Katastrophenmodus gesteigert und ein Schreckensszenario nach dem anderen entworfen. Doch war sie intelligent und erkannte recht schnell die Spirale, in die sie geraten war. Sie zwang sich zur Ruhe und konzentrierte sich auf die Lösungssuche. Sie musste etwas finden, mit dem sie Martin zweifelsfrei an sich binden konnte. Sie hatte auch schon eine Idee, die zwar gemein war, aber er hatte sie gerade trotz ihrer sehr großzügigen Abmachung mit einer anderen Frau betrogen, da durfte er nun selber keine Fairness erwarten.

In den nächsten zwei Stunden arbeitete sie ihren raffinierten Plan endgültig aus. Die ersten Schritte zu seiner Umsetzung waren sehr schnell erledigt, und so wartete sie auf Martins Rückkehr.

Kurz vor Mitternacht kam er heim. Überschwänglich begrüßte er seine Frau und wunderte sich, dass Tanja noch wach war.

„Hast du auf mich gewartet, Schatz?"

„Ja, ich konnte wegen der Wärme nicht schlafen. Wie war das Betriebsfest?"

„Wie immer – reichlich oberflächliches Geschwätz und mehr Alkohol, als bei der Hitze gut ist. Aber das Essen war klasse!"

„Ist etwas Besonderes vorgefallen?"

„Nein, nur das übliche Flirten und Einschleimen."

„Hast du auch geflirtet?"

„Na ja, ein wenig, aber hauptsächlich musste ich schleimen. Über mir sind ja nur noch Männer, da komme ich mit Flirten nicht weit. Hahaha!"

„Armer Schatz! Aber wenn bei dem Essen am Dienstag nichts schief geht, ist deine nächste Beförderung ja so gut wie gesichert."

„Ja, und da zähle ich voll und ganz auf dich, mein Schatz!" Bei diesen Worten fasste er Tanja um die Taille und gab ihr einen Kuss auf die Nasenspitze.

Sofort gurrte sie verführerisch: „Komm, lass uns ins Bett gehen und wie die Wilden bumsen! Meine Muschi ist schon ganz feucht…"

Sie konnte spüren, wie Martin sich leicht verspannte. Doch hatte er sich rasch im Griff und meinte: „Eine gute Idee – nur, äh, na ja, der Tag war sehr lang und ich habe etwas mehr Wein getrunken als ich hätte sollen. Lass es uns auf morgen verschieben, okay?"

Während er sie hoffnungsfroh ansah, wurde ihr Blick eisig: „Bist du wirklich nur müde oder willst du keinen Sex, weil du keinen mehr hochkriegst? Hat das blonde Flittchen deine Eier leer gepumpt?"

Martin starrte sie entgeistert an. Wortlos reichte sie ihm ihr Mobiltelefon mit der geöffneten Nachricht.

„Sind schöne Bilder, nicht wahr", bemerkte sie lapidar, während sich Martin von Bild zu Bild hangelte und sein Gesicht immer weißer wurde.

„Das…das war…der Manfred, der war…der war total scharf auf die, aber sie wollte…äh…sie wollte nichts von ihm wissen und hat…äh…ja, genau, sie hat bei mir, nun ja, so etwas wie Schutz gesucht…und da…"

„Erspar mir dein Geschwätz!", unterbrach sie ihn barsch, „Du hast unsere Abmachung gebrochen und eine andere Frau genagelt, während du mich auf morgen vertröstest. Du bist ein Schwein!"

„Aber…"

„Halt dein Maul!", fuhr sie ihn an, „Ab sofort ändert sich hier einiges. Ab sofort werde ich das Kommando haben. Hier", damit legte sie einige Blatt Papier vor ihm ab, ohne die Seiten loszulassen „unterschreib dein Geständnis! Gestehe schriftlich, dass du eine andere gevögelt hast!"

„Was… Nun mach mal einen Punkt!" Jetzt wurde Martin sauer. „Okay, Nathalie zu bumsen war ein Fehler, ein saublöder Fehler, zugegeben, aber ich werde doch kein Geständnis über meinen Seitensprung unterschreiben! Du spinnst ja, wenn du glaubst, dass ich mich darauf einlassen würde!"

„Ach ja?"

„Ach ja! Du kannst mich nämlich nicht dazu zwingen!"

„So, wie du mich nicht zwingen kannst, zu dem Essen mit deinem Chef mitzukommen, damit deine Beförderung genehmigt wird? Oder so wie du mich im Falle meiner Begleitung nicht zwingen kannst, nur schöne Geschichten zu erzählen?"

„Was… He, das eine hat mit dem anderen nichts zu tun! Du weißt, wie wichtig die Beförderung für mich – also, äh, für uns, ist. Das kannst du mir nicht antun, du weißt, wie sehr man in der Chefetage den Schein von Seriosität schätzt!"

„Eben! Deshalb unterschreib dein Geständnis und alles wird gut – und ich weiß, dass keine Nathalie oder wie immer die Schlampen in deiner Bank heißen, dich mir wegnehmen wird."

Martin war sehr müde, denn obwohl es ein Fest war, musste man ständig auf der Hut sein, damit einem nicht irgendein missgünstiger Kollege einen Fettnapf in den Weg werfen konnte. Das sexuelle Abenteuer mit der blonden Nathalie hatte ihn zudem angestrengt, weshalb er jetzt nur noch Schlafen wollte. Deshalb murmelte er: „Hm – nur unterschreiben? Dann ist alles wieder gut zwischen uns?"

„Ja – bis auf den Umstand, dass ich morgen von dir nach allen Regeln der Kunst durchgefickt werden will."

Martin war die Erleichterung anzusehen, er konnte sogar wieder grinsen: „Abgemacht, Süße! Wo soll ich unterschreiben?"

Sie zeigte ihm die Stelle auf dem ersten Blatt und während er unterzeichnete, küsste sie seinen Hals, so dass er das Papier nur flüchtig aus den Augenwinkeln sehen konnte. Sie hörte mit dem Küssen nicht auf, sondern zog das erste und dann das zweite Blatt nur etwas hoch, damit er unterschreiben, aber nicht den Text sehen konnte.

„Warum so viel Papier?", fragte er zwischen den Küssen irritiert.

„Ein Exemplar für dich, eins für mich und eins für die Akte", hauchte sie zwischen zwei Küssen.

„Die Akte? Welche Akte?"

„Sorry, die Macht der Gewohnheit!", murmelte sie.

Kaum war er mit dem Unterschreiben fertig, stieß Tanja ihn sanft weg.

„So, und nun lass uns schlafen gehen."

Nichts war ihm lieber, und so gingen beide friedlich zu Bett.

Am anderen Morgen wurde Martin jedoch unsanft geweckt. Tanja riss ihm die Bettdecke weg und herrschte ihn an: „Los, du Scheißkerl, aufstehen, duschen und Frühstück machen, aber dalli! Es ist schon elf Uhr!"

„W-was ist los?" Martin verstand nicht, wie ihm geschah.

„Oh, das ist ganz einfach. Ab sofort wirst du mir aufs Wort gehorchen und alles machen, was ich will, hast du das verstanden?"

„Wie? Nein, kein Wort. Was ist denn los mit dir?" Er blinzelte verschlafen.

Tanja lächelte süffisant: „Erinnerst du dich an die gestrige Unterzeichnung deines Geständnisses in Sachen Seitensprung? Nun, das dritte Papier ist ein anderes Geständnis von dir! Darin gestehst du, dass du mich seit einem Jahr ständig vergewaltigst und misshandelst. Dieses Blatt kann dich nicht nur beruflich ruinieren, sondern auch in den Knast bringen. Kapierst du das?"

Langsam dämmerte Martin, dass gestern nicht nur der Seitensprung ein Fehler gewesen war. Jetzt war er hellwach.

„Willst du mich – erpressen?"

„Wie du das nennst, ist mir scheißegal, aber ab sofort habe ich hier das Sagen! Du wirst mich nach Strich und Faden verwöhnen, mir jeden Wunsch von den Augen ablesen und mir blindlings jederzeit gehorchen. Dafür unterstütze ich mit ganzer Kraft deine Karriere. Na, was sagst du dazu?"

„Äh…"

„Ach ja: Dein Geständnis habe ich vorhin schnell kopiert und sicher verwahrt. Da kommst du nie dran – und wenn mir etwas passieren sollte, geht es schnurstracks zur Polizei. Also gehorche mir ab sofort und es wird sich für dich nichts ändern!"

In Martins Kopf wirbelte alles durcheinander. Erpresste ihn seine Frau, damit er bei ihr blieb? Aber das wollte er doch sowieso. Oder war sie wegen seines Seitensprungs sauer, der, wie er vor sich selber eingestand, nicht der erste war, nur hatte sie von den anderen nichts erfahren? Wenn er ihre Forderungen richtig verstand, sollte er ihr wie ein Sklave dienen – wollte sie das wirklich? Wollte er das? In diesem Moment bemerkte er, dass er beim Gedanken an Tanjas Herrschaft einen Ständer bekam.

Da er bei dem warmen Wetter nur in seiner Unterhose schlief, hatte sie das natürlich auch sofort bemerkt und polterte los: „Denkst du Schwein etwa schon wieder an das blonde Flittchen von gestern? Na warte! Aufgestanden, die Unterhose runter und bücken! Sofort!"

Verdattert stammelte er: „Was? Was soll ich…"

„Was hast du an dem Wort ‚Sofort' nicht verstanden?", fragte sie gefährlich leise, während sie den Gürtel aus den Schlaufen ihres Rockes zog. „Runter mit deinem versifften Slip, aber dalli!"

Martins Ständer pochte jetzt wie verrückt. So herrisch kannte er seine Tanja nicht, aber seinem kleinen Freund gefiel das. Wie in Trance erhob er sich und streifte den Slip ab. Dann stand er unschlüssig neben dem Bett.

„Hände auf das Bett und den Arsch rausgestreckt!", kommandierte sie.

Zögernd gehorchte er.

Dann ließ Tanja den Gürtel tanzen! Wieder und wieder schlug sie auf Martins Gesäß ein, der sich unter den Hieben wie ein Wurm wand. Seine Erektion fiel zwar durch den Schmerz der Schläge rasch in sich zusammen, aber in seinem Hinterkopf fand er die Situation trotz allem sehr anregend.

Nach etwas zwanzig Hieben hörte Tanja auf und stellte lakonisch fest: „Diese Hiebe waren für deine Gedanken beim Aufstehen an das blonde Flittchen."

Martin wollte erwidern, dass er den Ständer wegen Tanjas herrischem Auftreten bekommen hatte, aber ein Blick in ihre Augen ließ ihn kurz nach Luft japsen und den Mund wieder schließen.

„Los, duschen! Danach machst du Frühstück! Ab sofort ist das deine Aufgabe! Wie auch Putzen, Bügeln, Waschen – eben die gesamte Hausarbeit!"

„Aber", wagte er nun doch kleinlaut einzuwenden, „ich habe doch überhaupt keine Ahnung, wie man eine Waschmaschine bedient oder bügelt!"

„Keine Sorge, das werde ich dir beibringen – und je schneller du es lernst, desto besser ist es für deinen Hintern."

Jetzt hatte Martin schon wieder einen Ständer, härter als zuvor! Gerade, als Tanjas Blick darauf fiel und sie mit einer Strafpredigt anfangen wollte, kam er ihr zuvor und gestand, wie sehr er ihren Auftritt als strenge Herrin mochte.

„So, so, da hat wohl jemand seine devote Ader entdeckt, was?", erwiderte sie barsch, aber innerlich musste sie schmunzeln. „Los, mach das Frühstück, während ich noch etwas besorge. Danach werden wir uns wegen deines Fehltritts ‚unterhalten'."

„Darf ich mir etwas anziehen?", fragte er schüchtern.

„Nein, o nein, auf gar keinen Fall! Ich mag es, wenn dein Hintern so hübsch rot leuchtet."

Dann verließ sie kurz das Haus, während sich Martin an die Arbeit machte und ein üppiges Frühstück herrichtete.

Nach Tanjas Rückkehr herrschte sie ihn an: „Beide Frühstücksgedecke auf dem Tisch? Du spinnst wohl! Nach dem, was du dir geleistet hast, bekommst du trocken Brot und Wasser, dass du auf dem Fußboden einnehmen wirst! Erst, wenn du deine Strafe für den Fremdfick verbüßt hast, darfst du wieder mit mir am Tisch sitzen!"

Mit hochrotem Kopf wegen seines Fehltritts vom Vortag und gewaltigem Ständer wegen der häuslichen Atmosphäre tat er, was Tanja befohlen hatte.

Nach dem Frühstück räumte Martin auch ohne Befehl die Küche auf. Nachdem er damit fertig war, beorderte ihn Tanja ins Wohnzimmer.

„Über den Sessel beugen, aber zügig! Ich werde dir jetzt zeigen, was ich von deinem Fick mit dem Blondchen halte!"

Martins Gefühle schwankten zwischen Angst vor den Schmerzen, der Faszination, die von Tanjas animalischer Wildheit ausging, und seiner Geilheit, die unübersehbar vor ihm in die Höhe ragte.

Ohne Widerworte nahm er die vorgeschriebene Position ein. Tanja stellte das Radio an und regulierte die Lautstärke etwas nach oben. Dann zeigte sie ihm ihre neue Errungenschaft: eine Reitgerte!

„Damit, lieber Martin, werde ich dich für deinen gestrigen Seitensprung und für alle weiteren schweren Vergehen bestrafen. Für leichtere Vergehen behalte ich mir vor, einen Kochlöffel oder meinen Gürtel einzusetzen. Und jetzt büße für gestern!"

Damit zog sie ihm die Reitgerte über. Martin schrie auf, denn der Schmerz brannte um ein Vielfaches heftiger als vorhin der Gürtel. Hatte er gedacht, dass der dünne Lederriemen schon gemein zubiss, wurde er jetzt dahingehend belehrt, dass es bei allem eine Steigerungsform gab. Da sich bei den nächsten Hieben die Lautstärke seiner Schmerzensschreie stark steigerte, zog Tanja kurzerhand ihren Slip aus und steckte ihn ihrem Mann in den Mund. Nun waren seine Schreie deutlich gedämpft, dafür lief ihm Speichel an den Mundwinkeln herunter. Während seine Schmerzenslaute relativ leise durch den Raum hallten und er nun auch noch zu Heulen anfing, bescherte ihm seine Frau die schlimmste Viertelstunde seines Lebens.

Sie hörte erst auf, als sein Gesäß und die Oberschenkel über und über mit Striemen bedeckt waren. Insgeheim bewunderte sie ihren Mann dafür, dass er nicht einfach aufgesprungen und weggelaufen war. Als Martin schließlich den Knebel aus dem Mund nahm und sich stöhnend aufrichtete, erkannte sie den Grund für sein Durchhaltevermögen: sein Glied war so stramm, wie sie es noch nie zuvor gesehen hatte. Es schien, als würde es jeden Augenblick explodieren.

„Los, ab ins Schlafzimmer", befahl sie, um dann sanft hinzuzufügen: „du schuldest mir noch einen gewaltigen Fick!"

„Zu Befehl, Herrin!", antwortete er unterwürfig, aber mit einem freudigen Lächeln. Danach besorgte er es seiner Ehefrau und Herrin nach allen Regeln der Kunst, bis sie so wund war, dass sie ihn bat, aufzuhören. Aber nur, um ihn kurz darauf erneut herumzukommandieren: „Los, Putzen, das Haus sieht aus wie ein Schweinestall! Mach hier ordentlich sauber, sonst setz es was!"

Mit einem „Ja, Herrin" machte sich Martin sofort an die Arbeit. Es war unübersehbar, dass er seine neue Rolle genoss. Auch Tanja räkelte sich zufrieden auf dem Bett, während sie ihrem Ehemann und neuerdings Diener hinterher schaute. Ihre Ehe stand auf einer vollkommen anderen Grundlage als noch vierundzwanzig Stunden zuvor. Aber beide genossen es!

Riskantes Upskirting

Ganz still und heimlich
richte ich die Kamera
unter ihren Rock,
fotografiere den Slip
- und werde erwischt!
Sie droht mir mit Anzeige,
bei Einsicht nur mit dem Stock...

Tiefe Einblicke mit Folgen

Die Stimmung beim Betriebsfest war wieder einmal großartig! Das lag nicht nur an der guten Musik und den reichlich vorhandenen alkoholischen Getränken, sondern auch am warmen Sommerwetter. In den vergangenen Jahren war das Wetter zwar auch immer gut gewesen, aber in diesem Jahr war es geradezu heiß – was zur Folge hatte, dass gerade die Frauen luftig-leicht bekleidet waren und ihre Ausschnitte tiefe Einblicke erlaubten. Die Männer riskierten viele mehr oder weniger verstohlene Blicke, und so manches Dekolleté wurde mit einem anerkennenden Nicken gewürdigt.

Aber nicht nur die Oberteile waren knapp an Stoff bemessen, sondern auch die Röcke waren von atemberaubender Kürze –manche hätten auch gut als Gürtel durchgehen können. Vor allem die Faltenröcke wirbelten beim Tanzen durch die Luft und offenbarten hin und wieder für kurze Zeit die Höschen ihrer Trägerinnen.

Während die Kollegen immer mehr vom Alkohol umnebelt waren und die Stimmung nicht zuletzt wegen der knisternden Erotik in ungeahnte Höhen stieg, trank Manfred kaum etwas. Zwar hatte er immer wieder ein Bierglas in der Hand, aber wenn man ihn ganz genau beobachtete, konnte man sehen, dass er davon immer nur sehr wenig zu sich nahm. Dennoch wirkte er wie alle anderen stark angeheitert, aber das war nur Fassade. Er hatte an diesem Tag nicht die Absicht, sich zu betrinken, sondern er verfolgte einen anderen Plan: Manfred liebte es, Frauen heimlich unter den Rock zu schauen. Woher diese Neigung kam, wusste er nicht, aber er vermutete einen Zusammenhang mit der überaus prüden Erziehung durch seine Eltern. Schon als Jugendlicher hatte er deshalb zur Erweiterung seiner Kenntnisse heimlich die Unterwäscheseiten in den Katalogen betrachtet und bei so manchem Bild onaniert. Nun, ein paar Jahrzehnte später, hatten sich die Möglichkeiten durch das Aufkommen des Internets explosionsartig vermehrt, aber mit zunehmendem Alter verloren die gestellten Bilder für ihn an Reiz. Zum Glück hatte er eine neue Möglichkeit entdeckt: Durch Zufall hatte er einer Frau im Park unter den Rock sehen und ihr Höschen erkennen können. Von diesem Anblick fasziniert versuchte er, dieses Erlebnis überall wiederholen zu können. Das war überaus mühselig, aber im Erfolgsfalle war es für ihn umso belebender. Die aktuelle Mode der Mini- und ultrakurzen Röcke hatte seine Erfolgschancen stark erhöht. Irgendwann kam er auf die Idee, mit seinem Smartphone heimlich unter die Röcke zu fotografieren – nicht immer gelang es ihm, einen entsprechenden Winkel zu finden, und wenn es klappte, war das nicht automatisch eine Garantie für gelungene Bilder. Es musste ja schließlich alles schnell gehen und absolut unauffällig sein, was ihn vor große Herausforderungen stellte. Um seine Technik zu verbessern, kaufte Manfred sogar einen Minirock und auf dem Flohmarkt eine Modepuppe – damit experimentierte er, um heimlich gute Aufnahmen erzielen zu können. Schon nach kurzer Zeit war er perfekt – zumindest bei seinen Trainingseinheiten. Die Versuche unter Echtbedingungen waren dagegen eine andere Kategorie, aber nach einiger Zeit konnte er auch hierbei ansehnliche Ergebnisse vorweisen.

So vorbereitet hatte er Im Lauf der Zeit in Bussen und Bahnen ebenso wie in Parks zahlreichen Frauen heimlich unter den Rock fotografiert. Daheim druckte er die Fotos aus und versah sie mit Ort und Datum, manchmal auch mit einem Namen, sofern er diesen aufschnappen konnte. Ihm war klar, dass sein Treiben nicht legal und gegenüber den Frauen gemein war, aber er tröstete sich mit dem Gedanken, dass sie die kurzen Röcke freiwillig anzogen und ebenso freiwillig ihre Sitzposition einnahmen, die ihm ja erst die tiefen Einblicke ermöglichte. Zudem genoss er die Fotos nur alleine und wäre niemals auf die Idee gekommen, sie anderen zu zeigen oder gar ins Internet zu stellen. Er war in Bezug auf Sex in gewisser Weise verklemmt, aber er war kein widerwärtiges Schwein.

Nun, auf dem Betriebsfest, betrat er Neuland. Bislang hatte er immer Unbekannte auf neutralem Grund wie Busse, Bahnen, Parks, Lokale und ähnlichen Örtlichkeiten fotografiert, aber nun traute er sich, sein Glück im beruflichen Umfeld zu suchen und von seinen Kolleginnen entsprechende Bilder zu bekommen. Da das ‚Upskirting‘, wie sein Faible inzwischen genannt wurde, vor einiger Zeit als Straftat eingestuft worden war und er zudem seinem Hobby im Kolleginnenkreis seiner Firma nachging, musste er im Falle einer Entlarvung nicht nur strafrechtliche, sondern auch arbeitsrechtliche Konsequenzen befürchten. Dennoch ging er das Risiko ein – in seiner Firma arbeiteten viele hübsche Frauen und beim Betriebsfest waren deren Röcke besonders kurz. Die Kombination von Alkohol, ausgelassener Stimmung und der mit Händen greifbaren Flirtbereitschaft verschaffte ihm erwartungsgemäß eine Fülle von wunderbaren Motiven. Manchmal gelang es ihm auch, ein durch den von Kollegenhand hochgeschobenen Rock entblößtes Höschen zu fotografieren. In ihrem alkoholumnebelten Zustand bekam niemand etwas von seinem Treiben mit. Dachte er zumindest und hielt Ausschau nach dem nächsten Motiv. Vorsorglich hatte er sich aber in Erwartung einer langen Nacht dunkle Sachen angezogen, damit er sich auch an Paare heranpirschen konnte, die gerade in einem abgelegenen Winkel miteinander Sex hatten. Zwar blieb es lange hell, aber er wollte auf alles vorbereitet sein. Bislang war sein Plan voll und ganz aufgegangen und er hatte schon mindestens ein Dutzend guter Aufnahmen gemacht. Nun schickte er sich an, das nächste Objekt seiner Begierde auszuspähen.

Plötzlich stand Bettina vor ihm: „Das ist pervers!" zischte ihm die blonde Mitzwanzigerin an.

Vor Schreck hätte sich Manfred beinahe in die Hose gemacht, so erschrocken war er. Aber sofort hatte er sich wieder im Griff und fragte mit unschuldigen Blick: „Pervers? Was ist denn pervers? Ist doch eine tolle Fete!"

„Ich meine das, was du da treibst", giftete sie zurück.

„Ich? Aber…"

„Tu nicht so unschuldig, du perverse Sau! Heimlich den Intimbereich der Frauen zu fotografieren ist das allerletzte!"

„Aber... Ich mache das doch nicht!", verteidigte er sich.

„Nein?"

„Nein!"

„Dann habe ich mich also geirrt und sollte mich bei dir entschuldigen?", fragte sie mit unschuldigem Blick.

Insgeheim atmete Manfred auf: „Ja, genau! Wir können aber auch etwas zusammen trinken."

Im nächsten Augenblick entriss ihm Bettina sein Smartphone mit den schönen, in dieser Situation aber brisanten Aufnahmen. Seine Erleichterung über ihr rasches Einlenken hatte seine Reflexe gelähmt, sodass er ihrer Schnelligkeit nicht gewachsen war.

Triumphierend hielt Bettina das Beweisstück in ihren Händen. Allerdings konnte sie es nicht einschalten, weil sich das Gerät während ihres Gesprächs verriegelt hatte.

„Gib mir mein Gerät zurück!", presste er zwischen den Zähnen hervor.

„Gib mir deine Pin-Nummer! Wenn keine schmutzigen Fotos darauf gespeichert sind, werde ich mich bei dir entschuldigen und etwas mit dir zusammen trinken."

„Meine Pin-Nummer? Die werde ich dir niemals geben!"

„Auch gut, dann werde ich das Gerät zur Gleichstellungsbeauftragten bringen und ihr von meinem Verdacht berichten. Bin gespannt, ob du ihr die Herausgabe auch verweigern wirst. Aber soweit muss es ja nicht kommen, denn wenn du doch unschuldig bist, wie du ja behauptest, hättest du doch nichts zu befürchten, oder?"

Bei der Erwähnung der Gleichstellungsbeauftragten war Manfred erbleicht. Zwar könnte er auch ihr gegenüber die Herausgabe der Pin-Nummer verweigern, aber was wären dann die Folgen? Upskirting war ein Straftatbestand, und er zweifelte keine Sekunde daran, dass die Gleichstellungsbeauftragte sofort zur Polizei rennen und Anzeige erstatten würde. Den Experten der Polizei würde es im Handumdrehen gelingen, sein Gerät zu entsperren – und dann hätten sie alle Beweise, die sie brauchten. Er wäre beruflich und gesellschaftlich ruiniert, von etwaigen Schmerzensgeldforderungen ganz abgesehen, die ihn finanziell an den Bettelstab bringen würden.

In seinem Kopf rasten die Gedanken – wie konnte er das Unheil abwenden?

Schon hörte er wieder Bettinas Stimme, die ihn aus weiter Entfernung anzusprechen schien: „Na, was ist nun? Unsere Gleichstellungsbeauftragte steht gerade da drüben, keine zehn Meter von uns entfernt. Soll ich zu ihr gehen?"

„Ich – also - bitte, tue es nicht!" Seine Stimme drohte ebenso wie seine Beine zu versagen, die plötzlich ganz weich geworden waren.

„Also habe ich Recht?" Sofort beantworte sie ihre Frage selber: „Du Schwein! Du elendes, dreckiges Schwein!"

„Bitte nicht so laut!", bettelte er, „Es - es tut... tut mir leid!", stammelte er dann matt.

„Du bist im Büro ein netter Kerl und immer freundlich und hilfsbereit – und nun kommt so eine absolut perverse Seite zum Vorschein. Wie konntest du nur auf eine so abartige Idee kommen?"

Mühsam versuchte er, Bettina sein Handeln als Ersatzbefriedigung wegen seiner verklemmten Erziehung, seiner Schüchternheit und dem daraus resultierenden fehlenden Sexualleben zu erklären.

Zu seiner Erleichterung hörte sie ihm zu, was ihn Hoffnung schöpfen ließ.

„Du hast noch nie eine richtige Beziehung gehabt?", fragte Bettina ungläubig.

Manfred schüttelte den Kopf.

„Wie alt bist du?"

„Dreißig", flüsterte er, sich verschämt windend.

„Bist du noch Jungfrau?"

Als er langsam nickte, schaute sie ihn verblüfft an. Manfred sah gut aus, und seine menschlichen Qualitäten waren, abgesehen von seinem gerade aufgeflogenen perversen Hobby mit den Fotos, ebenfalls vorteilhaft.

‚Darf ich ihn verurteilen?', fragte sie sich innerlich, denn auch Bettina hatte ein sexuelles Faible, das manche Menschen als pervers bezeichnen würden – sie träumte davon, einen Mann hart zu züchtigen und intensiv zu demütigen. Bislang hatte sie dazu noch keine Gelegenheit gehabt, denn obwohl sie sich im Laufe der Zeit mit ein paar Männern zum Ausleben ihrer Lust getroffen hatte, war denen die Härte ihrer Hiebe rasch zu viel geworden. So hatte sie zwar bei sich zu Hause eine große Sammlung von Schlaginstrumenten, aber nur sehr, sehr selten eine Gelegenheit, sie nach ihren Wünschen einsetzen zu können. Aber nun sah sie plötzlich und unerwartet die große Gelegenheit zum Ausleben ihrer geheimen Wünsche gekommen, denn vielleicht konnte sie die Zuchtmittel ja bald so einsetzen, wie sie es sich in ihren Träumen immer ausgemalt hatte.

‚Der Typ sieht ganz gut aus', sinnierte sie, ‚und wenn er sich von mir so rannehmen lässt, wie ich es mir wünsche, könnte ich ihm seine schmutzigen Bilder lassen – oder ihm nach jedem Treffen eines geben. Würde ich ihn der Justiz übergeben, wäre er vernichtet, sein ganzes Leben würde in Trümmern liegen – davon hätte niemand etwas.' Nach einem raschen Blick in die Runde fügte sie in Gedanken hinzu: ‚Niemand scheint etwas von seinen heimlichen Aufnahmen mitbekommen zu haben, und den einzigen Beweis dafür halte ich in Händen. Ich denke, er wird auf meinen Deal eingehen.'

Dann wandte sie ihre Aufmerksamkeit wieder dem kreidebleichen Manfred zu: „Okay, pass auf, du Arschmade, vielleicht können wir uns ja auf einen Deal verständigen. Wenn du mir gibst, was ich will, vergesse ich deine Schweinerei. Was denkst du?"

„Das klingt fair - was willst du? Geld? Ich habe ein bisschen was gespart, nicht viel, aber du kannst es haben!", versicherte er eilig.

Bettina schüttelte heftig den Kopf, dass ihre langen Haare nur so herumflogen: „Nein, ich will kein Geld", bekräftigte sie.

Manfred schluckte, bevor er fragte: „Was – was willst du denn dann von mir für mein Smartphone und für dein Schweigen?"

„Ich will deine Unterwerfung!"

Er starrte sie verständnislos an.

„Ich will dir den Arsch vollhauen, dass du tagelang nicht sitzen kannst; ich will dich demütigen und erniedrigen, wie du es mit den Kolleginnen hier und wer weiß wie vielen anderen Frauen noch gemacht hast. Als Gegenleistung würde ich über dein perverses Hobby schweigen und du dein Smartphone wiederbekommen – nachdem ich die Beweisfotos von deinem Gerät an mich geschickt habe für den Fall, dass du mich nach der Züchtigung wegen Körperverletzung anzeigen willst. Dann würde ich dich nämlich mit in den Untergang reißen!"

Bei diesen Worten war ihr Blick kalt geworden. Manfred zweifelte nicht daran, dass es ihr ernst war. In Gedanken überschlug er rasch seine Optionen, aber deren Anzahl war begrenzt: Er konnte sich selber den Kollegen und insbesondere den Kolleginnen offenbaren oder abwarten, ob Bettina ihre Drohung wahr machen würde. Die dritte und letzte Option war, ihre Forderungen zu erfüllen. Er warf einen verzagten Blick auf seine Kollegin. Bei dem Gedanken, von dieser bildhübschen Blondine versohlt und gedemütigt zu werden, wurde ihm plötzlich ganz heiß.

,Bestimmt die Angst vor diesen perversen Forderungen', dachte er, aber schon im nächsten Moment spürte er, wie sich sein Glied versteifte. ,Verdammt, die Vorstellung scheint mich geil zu machen', staunte er ungläubig, denn was sein Kopf noch nicht erfasst hatte, war seinem Penis sofort klar – das klang nach einer überaus interessanten Erfahrung! Aber selbst wenn es ihm nicht gefallen würde, könnte ihn das Verbüßen der Strafe vor dem beruflichen und gesellschaftlichen Ruin retten. ,Wie schlimm kann es schon werden?', fragte er sich in Gedanken, ,so eine zierliche Person kann bestimmt nicht hart zuschlagen, schon gar nicht sehr oft.'

Während Manfred seine Gedanken zu ordnen versuchte, wirkte Bettina geradezu gelangweilt, aber in Wahrheit beobachtete sie ihn aus den Augenwinkeln sehr genau.

,Er ringt mit sich, wahrscheinlich hat ihm meine Ankündigung Angst eingejagt. Hätte ich mich etwas vorsichtiger ausdrücken sollen?'

Schließlich vernahm sie Manfreds Stimme, die leise flüsterte: „Okay, gut, aber - aber danach vergisst du meine – nun ja, meine Aktivitäten?"

„Ja", beschied sie ihn knapp mit fester Stimme. Innerlich atmete sie auf, dass er sich der Verwirklichung ihrer geheimen Wünsche zur Verfügung stellte. ,Andererseits', dachte sie etwas schadenfroh, ,habe ich ihn ja geradezu genötigt, mir zu Willen zu sein.' Bei diesem Gedanken musste sie lächeln, das rasch einem Erstaunen wich: Sie spürte, wie bei dem Gedanken an Manfreds Nötigung ihr Slip im Schritt sehr feucht wurde – der Gedanke an sein unfreiwilliges Winden und schließlich seine Kapitulation hatten ihr Macht über ihn verliehen und damit ihre Lust geweckt. Jetzt wollte sie ihn sich erst recht vornehmen. ‚Ich muss nur aufpassen‘, ermahnte sie sich in einem Anflug von Realitätssinn, ‚dass ich den Kerl nicht überfordere.‘

An Manfred gewandt, sagte sie laut: „Wir treffen uns bei mir.“ Sie nannte ihm ihre Adresse, bevor sie fortfuhr: „Wenn ich angekommen bin, warte ich genau zehn Minuten – hast du bis dahin nicht geklingelt, werde ich sofort hierher zurückfahren. Warum, kannst du dir ja denken.“ Dabei warf sie einen viel sagenden Blick in Richtung der Gleichstellungsbeauftragten, die gerade den Personalchef in ein Gespräch verwickelt hatte.

„ Was ist“, wagte Manfred einzuwenden, „wenn die Parkplatzsuche länger dauert? Dafür kann ich ja nichts.“

„Du stellst dich vor meine Einfahrt. Damit zieht deine Ausrede nicht mehr.“

„Ich will mich nicht rausreden“, verteidigte er sich, „ich will nur nicht wegen eines Missverständnisses alles verlieren.“

„Verlieren würdest du alles wegen deiner schweinischen Aktivitäten, du Drecksau!“

Er musste einräumen, dass sie damit recht hatte und nickte gehorsam.

„Also dann: Auf geht’s!“, kommandierte Bettina.

Im nächsten Augenblick bewegten sich die beiden möglichst unauffällig zu ihren Autos auf dem Firmenparkplatz. Als erstes fuhr Bettina los, gleich darauf folgte ihr Manfred. Da die Blondine den Weg zu ihrem Haus besser kannte, kam sie kurz vor ihm an und stellte sich auf den Garagenvorplatz. Manfred entdeckte einen freien Parkplatz direkt vor ihrem Haus und stellte seinen Wagen dort ab. Damit vermied er, dass sich ein interessierter Nachbar über den Wagen vor Bettinas Einfahrt aufregte oder gar neugierig wurde.

Bettina hatte an der Haustür auf ihn gewartet. Nun ließ sie ihn ins Haus und flüsterte ihm im Vorbeigehen zu: „Willkommen in deiner Hölle!".

Bei diesen Worten zog sich Manfreds Herz angstvoll zusammen und um ein Haar hätte er sich wieder in die Hose gemacht.

Das Haus war sehr geräumig, aber noch im Flur befahl sie ihm: „Stopp! Ausziehen! Du kommst hier nur nackt in die Wohnung!"

Manfred schluckte, aber auch wenn ihn der Mut gerade zu verlassen drohte, wagte er keinen Rückzieher. Mit zittrigen Fingern entledigte er sich seiner gesamten Kleidung – wobei seine Unterhose zunächst an seinem prall erigierten Glied hängenblieb, aber als die Stoffhülle entfernt war, ragte sein Rohr steil nach oben.

„Du bist wirklich eine perverse Sau", kommentierte sie lächelnd seinen Anblick, „selbst im Angesicht einer harten Bestrafung bist du geil."

Ausgiebig betrachtete sie seinen Penis.

„Ist er sauber?"

Manfred glaubte zunächst, sich verhört zu haben, aber dann nickte er und sagte: „Ja, ich dusche zweimal täglich, im Sommer auch öfter."

„Ich will wissen, ob dein Schwanz sauber ist und nicht hören, dass du duschst", fuhr sie ihn an, „Los, heb deine Unterhose auf, dreh das Innere nach außen und präsentiere mir das, aber auf den Knien!"

Anfangs etwas zögerlich gehorchte er. Diese Übung kam ihm noch nicht sehr schlimm vor, und zudem fing sein Glied vor Lust heftig an zu pochen. Dennoch fragte er sich, wo bei der Sache der Haken sein könnte.

Als er seine Unterhose in der befohlenen Weise vorzeigte, besah sie sich den Stoff sehr genau. Sie konnte keine verräterischen Flecken finden, meinte aber dennoch: „Dachte ich es mir doch, zwei große, gelbe Flecken."

„Was? Aber..."

„Still!", fuhr sie ihm barsch über den Mund, „Du redest ab sofort nur noch, wenn du gefragt wirst. Willst du selber etwas sagen, hast du ‚Bitte, meine Gebieterin' zu sagen und abzuwarten, bis ich dir erlaube, dein Maul aufzumachen. Redest du ohne Erlaubnis, werde ich deinen Arsch grün und blau prügeln, ist das in deinem Spatzenhirn angekommen?"

Er nickte ängstlich.

„Sag es, sag ‚Ja, meine Gebieterin, ich habe verstanden'!"

Manfred atmete tief durch, bevor er flüsterte: „Ja, meine Gebieterin, ich habe verstanden."

„Ich kann dich nicht hören! Sprich laut und deutlich!"

Etwas lauter sagte er: „Ja, meine Gebieterin, ich habe verstanden."

Zwei harte Ohrfeigen waren ihre Reaktion.

„Du sollst laut reden, du dummer Wicht!", schrie sie ihn an.

Manfred erschrak fürchterlich.

„Sag es!", donnerte ihre Stimme, „Sag es laut und deutlich!"

Er riss sich zusammen und rief: „Ja, meine Gebieterin, ich habe verstanden."

„Sehr gut! Du kannst es also. Machen wir weiter: Regel Nummer zwei ist ebenfalls ganz einfach: Du hast nicht zu widersprechen! Tust du es dennoch, werde ich dich sehr, sehr streng wegen Aufsässigkeit und Renitenz bestrafen. Hast du das auch verstanden?

Bemüht um eine laute Stimme antwortete er gehorsam: „Ja, meine Gebieterin, ich habe auch das verstanden."

„Brave Drecksau! Und nun darfst du auf allen Vieren ins Schlafzimmer kriechen."

Er sah sich suchend um, aber schon dirigierte sie ihn mit leichten Fußtritten zunächst zur Zimmertür und dann in den Raum hinein.

Während er dort kniete, zog Bettina eine Reihe von Kissen heran und bildete darauf einen improvisierten Strafbock.

„Los, bäuchlings drüberlegen und den Arsch schön hochrecken!", kommandierte sie.

Mit einem leicht zittrigen „Ja, meine Gebieterin" gehorchte er.

Kaum hatte er die befohlene Position angenommen, spürte er, wie sein linker Fuß von einem Riemen umfasst wurde. Bevor er sich von seiner Überraschung erholt hatte und reagieren konnte, war auch schon sein rechter Fuß gefesselt.

Erst jetzt wurde er gewahr, dass Kopf- und Fußteil des Bettes keine abgeschlossenen Teile bildeten, sondern aus Metallstreben bestanden, die eine Fesselung problemlos ermöglichten. Ganz offensichtlich nutzte Bettina das aus und fesselte ihn ans Bett.

Als er sich bewusst wurde, dass sie ihn vollkommen hilf- und wehrlos machen würde, war es bereits zu spät und seine Hände ebenfalls an das Metallgitter gefesselt. Nun war er seiner blonden Gebieterin hilflos ausgeliefert.

„So, du verdammter Scheißer, jetzt bekommst du gleich deine wohlverdienten Prügel! Ich muss nur schauen, womit ich dich peitschen werde.“

Bei diesen Worten öffnete sie einen Schrank, der seitlich zum Bett stand. Manfred warf einen teils neugierigen, teils erschrockenen Blick auf den Schrankinhalt: Er konnte eine Vielzahl an Rohrstöcken in unterschiedlicher Stärke erkennen, ebenso mehrere Paddle aus Holz und Leder, diverse Peitschen und andere Gegenstände wie beispielsweise Brustklemmen, Knebel und Dildos.

„Bitte, nicht zu hart“, flehte er seine Gebieterin an, „das bin ich alles nicht gewohnt!“

„Die Frauen sind es auch nicht gewohnt, dass man ihnen unter den Rock fotografiert!“, fuhr sie ihm ungehalten über den Mund, „Also heul hier nicht rum, bevor ich überhaupt angefangen habe!“

Tatsächlich weidete sie sich an seiner Angst. Ihr Höschen war inzwischen nicht nur feucht, sondern klatschnass. Gerade das brachte sie aber auf eine Idee: „Vielleicht sollte ich dich knebeln!" Dabei griff sie unter ihren Minirock und zog den nassen Slip aus. Anschließend drehte sie das Innere nach außen und stopfte dem entsetzten Manfred das Höschen in den Mund. „Höschen mit Geschmack", lachte sie höhnisch, „ganz real und nicht nur auf einem Foto!" Mit dem Gürtel eines Bademantels fixierte sie den Knebel, sodass er ihn bei allen Bemühungen nicht hätte ausspucken können.

Im ersten Moment war er angewidert, ihren von Mösensaft getränkten Slip im Mund zu haben, aber er gewöhnte sich rasch an den Geschmack. Seltsamerweise fand er sogar Gefallen daran, den würzigen Geschmack ihres Schlitzes zu schmecken.

Währenddessen schaute sich Bettina wieder im Schrank um und griff schließlich zu einem Lederpaddle. „Für den Anfang beginnen wir damit", dozierte sie, „das wird deinen behaarten Arsch richtig schön aufwärmen."

Ein langgezogenes Stöhnen war seine Antwort, mit der er sich in sein Schicksal ergab.

Im nächsten Augenblick knallte das Paddle wuchtig auf sein Hinterteil, was ihm einen Schmerzensschrei entlockte. Durch den Slip in seinem Mund kamen die Laute aber nur gedämpft aus ihm heraus.

„Ja, das tut weh, nicht wahr?", höhnte sie, „Das soll es auch, denn du dummes Schwein sollst für dein perverses Treiben ordentlich büßen!"

Plötzlich ließ sich von der Zimmertür eine weibliche Stimme vernehmen: „Welches perverse Schwein soll wofür büßen? Was ist hier um Himmelswillen los?"

Erschrocken versuchte Manfred die Rednerin zu erspähen, aber in seiner Position war das nicht möglich.

Bettina klärte die Frau auf, bevor sie sich an Manfred wendete: „Übrigens, das ist meine Schwester Claudia. Sie wohnt ebenfalls hier. Ich habe ihr geschrieben, dass ich meine Träume ausleben und einen Perversen durchprügeln werde, und da ist sie sofort gekommen."

„Natürlich", erklärte der Neuankömmling und trat in Manfreds Gesichtsfeld, „das will ich mir nicht entgehen lassen. Was ich bis jetzt sehe, gefällt mir ausgesprochen gut!" Dabei grinste sie ihn herablassend an.

„Kann ich weitermachen?", fragte Bettina ihre Schwester.

„Natürlich! Jetzt, wo meine Kamera läuft, kannst du richtig loslegen!"

Beim Wort ‚Kamera' wollte Manfred aufspringen, aber die Fesseln hielten ihn unbarmherzig in seiner Position. Seinen mündlichen Protest erstickte der Knebel, aber viel Zeit hatte er auch nicht – schon traf ihn schmerzhaft das Paddle. Bettina ließ ihm nicht viel Zeit, um den Schlag zu verarbeiten, sondern platzierte rasch den nächsten Hieb – und den übernächsten... während sich Manfred auf dem Bett wie ein Aal windete, wurde sein Gesäß von einer Vielzahl an Hieben getroffen.

Derweil auf seiner Kehrseite eine Feuersbrunst tobte, stoben in seinem Kopf Funken umher. Das Blut in seinem Körper ballte sich in seinen Lenden zusammen und ließ seine Hoden vor Lust auf die gefühlte doppelte Größe anschwellen, während sein Glied so hart wie ein Baumstamm war. Trotz der heftigen Schmerzen empfand Manfred große Lust, sogar eine Riesenlust, was er sich nicht erklären konnte.

Wieder und wieder sauste das Paddle nieder und löste beim Auftreffen eine neue Welle von Schmerzen, Hitze und Lust aus. Er hatte das Gefühl zu verglühen! Seine Hoden waren so voll, dass es ihm unangenehm war und er nur noch abspritzen wollte. Aber diesen Wunsch konnte er nicht laut äußern, da ihn Bettinas Slip-Knebel daran hinderte. Längst schon hatte sich sein Hinterteil dunkelrot verfärbt – in den nächsten Tagen würde sein Hintern grün und blau schimmern.

Endlich, nach einer gefühlten Ewigkeit, legte Bettina das Paddle zur Seite.

„So, Zeit für etwas Neues", lachte sie und griff nach einem Holzpaddle. Manfred erschien das Strafinstrument wie ein kleines Ruder, und in Gedanken malte er sich die entsetzlichen Schmerzen aus, die es verursachen würde.

Die Ungewissheit dauerte nicht lange, denn schon nahm Bettina Maß und knallend traf das Holzpaddle auf sein Hinterteil. Ein vom Knebel unterdrückter Schrei und lautes Stöhnen waren die Folgen.

„Das tut weh, nicht wahr?", höhnte seine Zuchtmeisterin.

Dann nahm sie erneut Maß und schlug wieder zu. Danach ließ sie rasch Hieb auf Hieb folgen und gab ihm kaum Gelegenheit, die Schmerzen zu verarbeiten. Aber auch seine Lust steigerte sich mit jedem Hieb, es war, als ob er eine völlig neue Seite an sich entdeckt hatte.

Minutenlang tanzte das Strafinstrument auf seinem Hintern. Als er kurz vor dem Überschreiten seiner Belastungsgrenze war, hörten die Schläge zu seinem Glück auf.

„Ich bin fertig", stöhnte eine erschöpfte Bettina, „dass das Verhauen von einem Mann so anstrengend ist, hätte ich nicht gedacht."

„Soll ich für dich übernehmen, Schwesterherz?"

Überrascht schaute Bettina ihre jüngere Schwester an: „Stehst du denn auch auf solche Sachen?"

„Bis eben habe ich das selber nicht gewusst, aber der Anblick von euch beiden hat mich total geil gemacht! Während du das Schwein verprügelt hast, habe ich mit einer Hand gefilmt und mit der anderen masturbiert – hast du das nicht bemerkt?"

„Nein", grinste Bettina, „ich war viel zu sehr damit beschäftigt, mich an dem Gezappel und Geheule der Drecksau zu ergötzen. Aber geil bin ich auch."

Bei diesen Worten griff sie unter ihren Rock und rubbelte an ihrem Schlitz. Claudia konnte sehen, dass an den Beinen ihrer Schwester schon vorher große Bäche an Lustsaft herabgeflossen waren.

„Kein Slip?", fragte Claudia.

„Ich hatte einen an, aber der steckt als Knebel im Maul von der Arschmade", lautete die Antwort, worauf beide Frauen in lautes Gelächter ausbrachen.

Die ganze Situation hatte Bettina mächtig angeheizt. Insgesamt drei Orgasmen rubbelte sie aus ihrem Schlitz, bevor sich ihre Möse halbwegs beruhigt hatte. Auch Claudia war in der Zwischenzeit nicht untätig geworden und kam auf zwei Orgasmen, mit dem von vorhin waren es also ebenfalls drei Höhepunkte.

„Und nun?", fragte Bettine, schweratmend von der Masturbation und erhitzt von den sich bietenden Möglichkeiten.

„Darf ich?", fragte Claudia.

Als Bettina nickte, drückte ihr ihre Schwester das Smartphone in die Hand. „Alles aufnehmen", bat sie, „das wird ein wunderbarer Film!"

Während Bettina die beste Position zum Filmen suchte, betrachtete ihre Schwester den Inhalt des Schrankes. Schließlich entschied sie sich für einen dünnen Rohrstock. „Der dürfte tüchtig beißen", lachte sie und hielt das Strafinstrument vor Manfreds Gesicht. Dessen Augen weiteten sich vor Schreck und er wollte etwas sagen, was sicher ein Protest gewesen wäre. Durch den Knebel war jedoch nur unverständliches Gebrabbel zu verstehen, was bei den beiden Frauen für ausgelassene Heiterkeit sorgte.

„Willst du etwas sagen?", höhnte Claudia, „Warum brabbelst du dann wie ein kleines Kind anstatt laut und deutlich zu reden? Aber ob ich es verstehe oder nicht, ist ohnehin vollkommen egal – denn warum sollte mich dein Gestammel interessieren? Du bist ein dreckiges Schwein, dessen Fotos zudem kriminell sind Also pfeife ich auf deine Meinung und will jetzt meinen Spaß haben!"

Damit hob sie den Arm und ließ den Rohrstock kraftvoll auf Manfreds Kehrseite niedergehen. Als Reaktion erfolgte sowohl ein heftiges Wackeln des Hinterns, mit dem er sich letztlich vergeblich Linderung zu verschaffen suchte. Er ließ aber auch einen lang gezogenen Schmerzensschrei hören, der von seinem Knebel nicht ganz gedämpft wurde.

Vollkommen unbeeindruckt schwang Claudia erneut den Rohrstock, der wieder und wieder mit gleichbleibender Intensität sein Ziel fand. Hatte durch das Paddle auf Manfreds Po eine Feuersbrunst getobt, so wurde nun vom Rohrstock ein wahres Höllenfeuer entfacht! Schon nach kurzer Zeit war sein Hinterteil von Striemen bedeckt, die sich manchmal überschnitten, was eine besonders schmerzhafte Wirkung entfaltete. Manfred spürte, dass seine Kräfte schnell schwanden und er nicht mehr lange durchhalten würde, aber sein schon lange von Flehen in Winseln übergangenes Betteln um Gnade kam nur als unverständlicher Wortbrei aus seinem Mund. Keine seiner Zuchtmeisterinnen reagierte darauf, sie waren ganz darauf konzentriert, ihre Träume auszuleben.

Schließlich war sein Gesäß über und über mit einem engmaschigen Striemenmuster bedeckt und auch seine Schenkel hatten fast ein Dutzend Hiebe abbekommen, bevor Claudia erschöpft innehielt.

„Anstrengend, nicht wahr?", fragte Bettina mitfühlend.

Ihre Schwester nickte einfach nur.

Bettina fuhr fort: „Ich bin total geil – du auch?"

Als Claudia wieder nickte, fuhr ihre Schwester fort: „Dann komm, lass uns das Schwein ficken!"

Sie legten Rohrstock und Smartphone beiseite und banden Manfred los. Dieser war von der Bestrafung so erschöpft, dass er noch minutenlang schwer atmend liegenblieb.

Endlich hatten seine Zuchtmeisterinnen ein Einsehen und befreiten ihn auch von seinem Knebel. Sofort atmete er mehrmals tief durch und sog dabei gierig die Luft ein.

„Bitte, bitte", flüsterte er dann, „nicht mehr schlagen, bitte nicht! Ich kann nicht mehr!"

Du sollst auch nicht geschlagen werden, sondern ficken, du Arschloch! Also hoch mit dir, unsere Mösen sind so heiß und nass, dass wir deine Zunge und deinen Schwanz spüren wollen!"

Diese Worte machten ihm bewusst, wie prall gefüllt seine Hoden waren. Nach der sehr, sehr heftigen Züchtigung kam ihm das wie ein Wunder vor, aber die sich nun bietende Aussicht, zwei bildhübsche Frauen sexuell bedienen zu dürfen, ließ seinen Schwanz rasch wachsen und hart werden.

Als erstes legte sich Bettina zu ihm ins Bett. Manfred musste seinen Kopf zwischen ihre Beine legen und ihren Schlitz ausgiebig lecken. Von Anfang an schmeckte er den Lustsaft seiner Kollegin, deren Möse schon wieder überfloss.

Aus den Augenwinkeln sah sie, wie ihre Schwester unschlüssig neben dem Bett stand.

„Willst du ihn ficken?"

„Natürlich!"

„Schau in den Schrank..."

Sofort erspähte Claudia einen Strapon-Gürtel mit auswechselbarem Dildo. Rasch wählte sie ein langes, schlankes Exemplar aus und schnallte sich den Gürtel um. Dann verteilte sie rasch Gleitcreme auf dem Dildo und auf Manfreds Poloch und steckte ohne langes Federlesen das Gerät in seinen Hintern. Mit einem langgezogenen Stöhnen quittierte Manfred das Stopfen seines Anus, ohne jedoch das Lecken von Bettinas Möse zu unterbrechen. Während er von Claudia hart in den Po gevögelt wurde, bescherte seine Zunge Bettina vier Orgasmen. Vor Erschöpfung schloss sie die Augen, und beinahe zeitgleich sank auch Manfred zusammen. Sein Poloch brannte heftig, denn von außen waren ihre Lenden nicht gerade zimperlich gegen sein verstriemtes Hinterteil geknallt, und von innen brannte sein Darm wegen der ungewohnten Benutzung als Lustloch.

Nach einer kurzen Pause hatten sich alle wieder etwas erholt. Nun musste sich Manfred auf den Rücken legen, und während sich Bettina auf seinem harten Penis aufspießte, setzte sich Claudia auf sein Gesicht und drückte ihm ihren Po ins Gesicht. Sofort verstand er und leckte ihren Hintereingang, wie er es in zahllosen Sexfilmen gesehen hatte. Da sich die Schwestern so positioniert hatten, dass ihre Gesichter einander zugewandt waren, griffen sie sich während ihres Rittes gegenseitig an die Brüste und kneteten sie. Ihre Nippel wurden augenblicklich steinhart, und sofort zwirbelten die Finger der Frauen an den Kirschen der jeweils anderen, was ihre Lust noch mehr anstachelte.

Manfred bescherte beiden Frauen weitere Orgasmen, kam aber auch auf seine Kosten. Nach dem ersten Abspritzen in Bettinas Möse wurde sein Penis nämlich nicht schlaff, sondern blieb überraschenderweise hart – zu lange hatte er enthaltsam gelebt, und die Hoden waren noch immer gut gefüllt. Er kam noch zwei weitere Male in Bettina, bevor er in einer bleiernen Müdigkeit versank.

Aber auch die Lust der beiden Frauen war nun befriedigt. Sie legten sich rechts und links von ihm hin und kuschelten sich an ihn.

Nachdem sie einige Zeit zusammen gelegen hatten, kehrten schließlich ihre Lebensgeister langsam zurück. Unerbittlich nahte der Moment der Wahrheit. Manfred wartete voller Bangen darauf, dass Bettina Wort hielt und ihn wegen seiner Dummheit, denn dafür hielt er sein Verhalten inzwischen selber, nicht ruinieren würde.

„Woran denkst du?", fragte ihn Bettina.

„Äh – an nichts", gab er zögernd zur Antwort.

„Lügner! Muss ich es aus dir herausprügeln?"

„Bitte nicht!", erwiderte er erschrocken. Dann atmete er tief durch: „Na gut, ich wollte fragen – also ich meine, dass ich meinen Teil der – der Abmachung eingehalten habe, nicht wahr?"

Als er keine Antwort erhielt, fuhr er eine Spur ängstlicher fort: „Du – du verrätst mich doch nicht, oder? Ich fotografiere auch nie wieder jemandem unter den Rock! Versprochen!"

„Einen Schotten darfst du so fotografieren", erwiderte Claudia trocken.

Manfred ignorierte ihren Einwand und fragte furchtsam: „Äh, also – was ist nun?"

„Kommst du wieder zu uns, um bestraft zu werden? Hier sind noch sehr viele Strafinstrumente und sonstige Spielzeuge, die ausprobiert werden wollen."

Er zögerte eine Sekunde und dachte nach. Die Erfahrung war überaus schmerzhaft gewesen, aber schon nach diesem zeitlich sehr geringen Abstand zum letzten Hieb kam es ihm nicht mehr so schlimm vor. Zudem war der anschließende Sex absolut großartig gewesen – und mit besonderem Vergnügen dachte er rückwirkend an Bettinas mit Lustsaft getränkten Slip in seinem Mund.

„Also, was ist?", hakte Bettina nach.

„Einverstanden! Ich werde es vielleicht bereuen, aber ich bin einverstanden", lautete die Antwort, und sie klang ehrlich erfreut.

„Ich will auch dabei sein", murrte Claudia.

„Natürlich, Schwesterherz", bekräftigte Bettina, „wir machen die Drecksau gemeinsam fertig und dressieren ihn zu unserem gemeinsamen Sklaven!"

„Und zu unserem Sexspielzeug!", ergänzte Claudia.

Bettina schaute Manfred fest ins Gesicht: „Ja, Arschmade, jetzt gehörst du Claudia und mir! Ab sofort entscheiden wir alles für dich!"

„Alles?", fragte er zögernd nach.

„Solange, bis du hier eingezogen bist, darfst du noch selbständig entscheiden, ob du auf die Toilette gehen willst. Sobald du hier wohnst, musst du eine von uns auch dafür um Erlaubnis bitten."

„Oh, das – das ist heftig", wandte er ein.

„Wir können auch deine Bilder der Gleichstellungsbeauftragten zusenden, die Videos mit deiner Züchtigung ins Internet stellen oder beides machen – natürlich nur, wenn du nicht unser Sklave sein willst!", drohte sie.

„Ja, also – dann habe ich wohl keine andere Wahl?"

„Nein, hast du nicht."

„Damit du nicht auf dumme Gedanken kommst oder in der Nachbarschaft getratscht wird", mischte sich Claudia ein, „werde ich dich heiraten. Da du mit Bettina in der gleichen Firma arbeitest, würde es umgedreht nur Gerede geben. Nach der Hochzeit werden wir dich dann richtig dressieren und jeden Tag ordentlich rannehmen. Wehe, du fickst nicht gut oder machst die Hausarbeit nicht ordentlich, dann werden wir dir ordentlich mit Stock und Peitsche einheizen!"

„Apropos rannehmen", ließ sich Bettina vernehmen, die Manfreds Schwanz ertastet hatte, „der Schwanzlurch ist schon wieder geil, das müssen wir ausnutzen!"

Sofort stürzten sich die beiden Frauen auf ihr neues Sex-spielzeug Dieses Mal durfte er sein Glied in Claudia versenken und seine zukünftige Braut tüchtig nageln. Es wurde noch eine sehr lange Nacht, an deren Ende drei völlig erschöpfte Menschen und eine von Lustsaft getränkte Matratze standen.

Die Weihnachtsüberraschung

Seit vier Jahren führten Ilka und Timo in den Augen aller eine wunderbare Ehe. Ihre Vorstellungen vom Leben sowie ihre Wünsche und Träume deckten sich auf beinahe beängstigende Weise, und der Umgang der beiden miteinander war Zeugnis für die größtmögliche Harmonie einer Ehe - eine leibhaftige Idylle, wie man sie eigentlich nur aus Filmen kennt. Es war für die Verwandten und Freunde also alles in bester Ordnung - doch ,Halt!', tief in Timos Innerem gab es ein dunkles Geheimnis, dass zu offenbaren er sich nie getraut hatte. Deshalb hatte niemand in seinem Umfeld auch nur den Hauch einer Ahnung, was er wirklich begehrte.

Aber heute war Weihnachten und damit stand für das Paar die Planung des Festes im Mittelpunkt aller Überlegungen. Immerhin hatten die beiden in der Zeit ihres Zusammenseins bereits eine gewisse Routine entwickelt und jeder kannte seine Aufgaben.

Wie schon in den Vorjahren hatte Timo einen wunderschönen Weihnachtsbaum gekauft, den er nun zusammen mit Ilka schmückte. Zunächst brachten sie zwei Lichterketten an, deren kleine Lampen den Baum schon im Tageslicht hell erstrahlen ließen. Danach platzierten sie Kugeln in verschiedenen Farben, kleine weihnachtliche Figuren und Engelshaar um die elektrischen Kerzen herum. Dadurch verwandelte sich im Schein der Kerzen das Grün der Tanne in ein nun farbenfro-

hes Funkeln. Nach getaner Arbeit bewunderte beide eng um-
schlungen ihr Werk.

„Sieht er nicht wunderbar aus?", hauchte Ilka.

Timo nickte nur und küsste sie auf den Kopf.

„Verschick schon mal die Weihnachtsgrüße per E-Mail, ich
mache hier nur noch schnell etwas sauber und kümmere mich
dann um das Essen."

Nach kurzer Zeit war die Wohnzimmerreinigung abge-
schlossen. Den Rest des Tages verbrachte Ilka überwiegend
in der Küche, um das leckere Abendessen vorzubereiten.
Dabei wirkte sie an diesem besonderen Tag etwas zerstreut,
denn sie grübelte über ihren Plan nach. Dieser Abend sollte
anders als die vorangegangenen verlaufen, aber je näher die
Bescherung rückte, desto nervöser wurde sie. Zeitweise war
sie sogar kurz davor, ihren mühsam entwickelten Plan aufzugeben. Nach einer Phase des Schwankens riss sie sich aber
immer wieder zusammen, denn schließlich hatte sie schon
von ihrem Mann unbemerkt alle Vorbereitungen getroffen.

Timo ahnte nichts von der inneren Aufgewühltheit seiner
Frau. Während Ilka in der Küche wirbelte, verschickte er in
ihrer beider Namen die üblichen Weihnachtsgrüße in Form
von virtuellen Karten an die Familie und an die Freunde. Da
fast alle einen Internetanschluss hatten, konnten sie die Grüße
zeitnah zum Heiligen Abend verschicken. Die Eltern und
Großeltern, sofern sie noch lebten, würden ihre Grüße in der
traditionellen Papierversion erhalten. Timo hatte sie vor zwei
Tagen in den Postkasten geworfen, damit sie pünktlich an-

kommen würden. Ob das auch der Fall sein würde, war angesichts eines Festes wie dem Weihnachtsfest nicht ganz sicher.

Schließlich war es 18 Uhr geworden, die traditionelle weihnachtliche Essenszeit der beiden. Sie genossen ein üppiges Mahl, das leider viel Abwasch verursachte. Doch gemeinsam war diese lästige Arbeit im Handumdrehen erledigt.

Als der letzte Teller im Schrank verstaut war, war er also gekommen, der große Moment der Bescherung. Auf dem Weg von der Küche ins Wohnzimmer meinte Ilka plötzlich: „Du, Schatz, geh doch schon mal vor und schalte die Lichterketten ein. Ich komme gleich nach." Kaum hatte sie das gesagt, verschwand sie im Schlafzimmer.

Zurück blieb ein etwas verwirrter Timo, der einen Zusammenhang zwischen Ilkas Verhalten und seinem Geschenk vermutete, wenngleich er nicht wusste, was sie sich ausgedacht hatte. ‚Vielleicht eine Verführung in raffinierten Dessous?', überlegte er. Aber da er in wenigen Augenblicken des Rätsels Lösung erfahren würde, dachte er nicht weiter darüber nach. Vielmehr betrat er das Wohnzimmer und schaltete die beiden Lichterketten ein. Sofort verbreitete das gedämpfte Licht eine heimelige Atmosphäre, die durch das Glitzern des Baumschmucks eine besondere Note erhielt. Dann zog Timo sein kleines Geschenkpäckchen aus der Tasche und wartete.

Lange musste er sich nicht gedulden, denn schon betrat Ilka das Zimmer. Sie hatte ein weit geschnittenes Kleid an, und auch wenn es für Timos Geschmack zu lang und der Ausschnitt fast vollständig geschlossen war, fand er seine Frau darin atemberaubend.

Rasch schaltete er den CD-Player ein und weihnachtliche Musik erklang. Während nacheinander die Stimmen von Bing Crosby, Frank Sinatra, Nat King Cole und anderen Musikgrößen erklangen und Weihnachtslieder sangen, umarmten und küssten sich die beiden inniglich.

„Fröhliche Weihnachten, mein Schatz!", flüsterte Timo.

„Danke, das wünsche ich dir auch!"

„Hier, bitte, ein kleines Geschenk für dich." Damit überreichte er Ilka die kleine Schachtel.

Rasch entfernte sie das Geschenkpapier und öffnete sie. Nach einem spitzen Schrei fiel sie Timo um den Hals: „Danke, danke, das du dich daran noch erinnert hast!"

„Den Anhänger habe ich gleich am nächsten Tag gekauft, nachdem du ihn im Schaufenster gesehen hast", erklärte er, „seitdem habe ich ihn gut versteckt, damit du ihn beim Wohnungsputz nicht versehentlich findest."

„Du bist ein Schatz!" Dabei küsste sie ihn zunächst auf beide Wangen, danach auf den Mund. Es wurde ein intensiver Zungenkuss, der ihre Lust anstachelte.

Schließlich machte sich Ilka los: „Jetzt ist dein Geschenk an der Reihe! Ich bin gespannt, wie es dir gefallen wird!"

Suchend sah sich Timo unter dem Baum um, konnte aber kein Päckchen entdecken. Fragend schaute er zu Ilka hinüber.

Diese lächelte nachsichtig: „Sieh doch mal im Schrank nach."

Als Timo leicht verwirrt auf den Schrank zuging, ergänzte sie: „Linke Schublade!"

Langsam, beinahe bedächtig zog er die Schublade auf - und erstarrte: Darin lagen ein paar Spankingmagazine, die er sofort als Teile seiner Sammlung erkannte.

Er war so verdattert, dass er nicht sofort reagierte. Dann war es für eine Reaktion zu spät, denn Ilka dirigierte: „Und jetzt mach die linke Seitentür auf!"

Das Kommando wurde von Ilka in einem scharfen Ton gegeben, der Timo veranlasste, wie in Trance seine Schockstarre zu beenden. Gehorsam öffnete er die Tür – und erstarrte erneut: Dieses Mal blickte er auf ein buntes Sammelsurium von Peitschen, Rohrstöcken in unterschiedlicher Stärke und mehrere Paddle. Sie hatte sein dunkles Geheimnis entdeckt, das war ihm jetzt klar. Wie das trotz all seiner Vorsicht hatte geschehen können, war ihm ein Rätsel, aber es war definitiv geschehen.

Aschfahl drehte er sich langsam zu seiner Frau um. Diese stand in der Mitte des Raumes und lächelte ihn verschmitzt an. Dann öffnete sie langsam den Reißverschluss ihres Kleides, zog es aus und warf es achtlos beiseite. Darunter trug sie ein Bustier aus Leder und einen kurzen Lederminirock. Erst jetzt bemerkte Timo die schwarzen Stiefel, die vorher vom Kleid verdeckt worden waren.

Er schluckte schwer. Irgendetwas Merkwürdiges ging hier vor. Dennoch spürte er, wie es in seiner Hose plötzlich sehr eng wurde – der Anblick von Ilka in diesem Outfit bescherte ihm den härtesten Ständer ihrer ganzen Beziehungszeit.

„Wa - was…ich verstehe nicht…"

Ilka legte einen Finger auf seinen Mund: „Pscht, mein Schatz, beruhige dich! Du musst nichts sagen – ich habe deine Hefte nur durch Zufall gefunden und dadurch von deiner Leidenschaft erfahren. Tja, der Rest war einfach: Ihr Männer seid so einfach strukturiert, dass man euch beim Küssen oder beim Bumsen wunderbar und von euch ganz unbemerkt ausfragen kann. Hinterher erinnert ihr euch zwar an den Fick, aber nicht an die Fragen. So habe ich herausbekommen, ob du lieber aktiv oder passiv bist und was du an einer Frau ganz besonders schätzt."

Als Timos Gesichtszüge etwas entgleisten, lächelte sie sanft und tätschelte seine Wange.

„Du hast nichts bemerkt, stimmt's?"

Er nickte. Wie hatte ihm das nur passieren können!?!

Bevor er sich innerlich Vorwürfe machen konnte, tätschelte Ilka wieder liebevoll seine Wange.

„Mach dir keine Vorwürfe, wir Frauen sind euch Männern überlegen. Akzeptiere es, und wir werden eine noch wundervollere Ehe als bisher schon haben!" Sie drehte sich vor ihm rasch im Kreis: „Das ist das Ergebnis. Gefällt es dir?"

„Ja, o ja, aber ich - ich – verstehe nicht…"

„Ich schon! Du brauchst hin und wieder Abwechslung von der Harmonie unserer Ehe, und genau das werde ich dir bieten: abwechselnd den Ehehimmel und dann wieder die Ehehölle. Was glaubst du, für wen die netten Schlaginstrumente im Schrank sind?" Für mich etwa?" Sie lachte glockenhell, bevor sie fortfuhr: „Nein, mein Schatz, sie sind für dich - und wir werden gleich als erstes einen Rohrstock ausprobieren. Hol ihn her!"

Timo zögerte, dann wagte er einzuwenden: „Das Schlagen ist – äh – nicht so – äh – einfach. Glaubst du, dass du – äh – das hinbekommen wirst?"

Ilka trat dicht an ihn heran. Während sie im zwischen die Beine griff, flüsterte sie in sein Ohr: „Nicht nur du hast ein dunkles Geheimnis, sondern ich habe auch eines. Ich wollte schon immer einen Mann, mit dem ich die perfekte Idylle leben kann – und der mir hinter der geschlossenen Haustür bedingungslos gehorcht."

Sie ließ sein Gemächt los und trat zwei Schritte zurück.

„Es ist Weihnachten, da darfst du dir zur Feier des Tages selber einen Rohrstock aussuchen. Beeil dich, ich will dir schließlich noch heute unter dem Tannenbaum einen hübsch verstriemten Hintern als Geschenk verabreichen."

Langsam wandte sich Timo wieder dem Schrank zu. Seine Augen weideten sich an der Vielzahl an Schlaginstrumenten. Seine Frau hatte nach einem Rohrstock verlangt, was die Auswahl einengte, aber trotzdem nicht erleichterte – das Angebot bestand aus einem halben Dutzend Stöcken und drei Reitgerten, die er in seine Auswahl einbezog.

Timo war so in die Auswahl vertieft, dass er nicht merkte, wie Ilka an ihn herantrat. Er zuckte erschrocken zusammen, als sie ihm sanft zuflüsterte: „Keine Sorge, sie werden im Laufe der nächsten Wochen alle drankommen und auf deinem Hintern tanzen!"

Wieder spürte er in aller Deutlichkeit die Enge seiner Hose. Kurz entschlossen wählte er einen langen, dünnen Stock aus und wandte sich damit an Ilka.

„Eine gute Wahl", lobte sie, „und jetzt zieh dich aus – ich will dich nackt vor dem Tannenbaum kniend sehen."

Rasch gehorchte Timo. Seine Kleidung landete neben Ilkas weit geschnittenem Kleid und bildete mit diesem ein Denkmal der biederen Ehe. An einer anderen Stelle des Raumes kniete er splitternackt vor dem Tannenbaum. Ein gewaltiger Ständer ragte von seinem Körper ab und zeugte von seiner übergroßen Freude.

„Ja, so gefällt mir das", murmelte sie und ließ die Spitze des Stockes sanft über seinen Rücken gleiten. Am Ende angekommen, streichelte sie damit liebevoll die Pobacken, bevor sie den Stock langsam und in aller Ruhe durch seine Pospalte gleiten ließ.

Timo konnte ein wollüstiges Stöhnen nicht mehr unterdrücken. Er sehnte sich danach, von seiner geliebten Frau endlich Hiebe zu bekommen, doch genoss er ebenso die zärtlichen Berührungen des Rohrstocks.

„Schultern auf den Boden!", kommandierte sie.

Sofort gehorchte Timo. Wenige Augenblicke später ragte sein nacktes Gesäß hoch im Zimmer auf und bot ein wunderbares Ziel.

Ilka ließ den Stock noch ein paar Momente über den nackten Körper ihres Mannes gleiten, aber dann holte sie plötzlich aus und pfeifend fuhr der Stock auf das nackte Gesäß zu. Im nächsten Augenblick traf er klatschend sein Ziel, und nur einen Wimpernschlag später hallte Timos Schmerzenslaut durch den Raum.

Sanft streichelte ihre Hand sein Gesäß, während sie die Spur des Stockes untersuchte.

„War es dir zu hart?"

„N - nein, das…das war nur die Überraschung. Bitte mach weiter, bitte, bitte!"

Das ließ sich Ilka nicht zweimal sagen. Während der nächsten Stunde wechselten sich Hiebe und intensive Inspektionen des Zielgebietes ab. Dabei wurde Ilka immer heißer, was nicht nur an der Anstrengung des Stockschwingens lag: Die Schmerzenslaute ihres Mannes, die zunehmende Zahl an Striemen auf seinem Gesäß sowie sein unübersehbar steifes Glied ließen sie vor Lust zerfließen. Ihr dünner weißer Slip war schon vollkommen durchnässt, aber das war kein Wunder, schließlich ließ sie während der Inspektion seines Hinterteils immer öfter und zunehmend länger eine Hand unter ihren kurzen Rock rutschen und an ihrem Geschlecht spielen.

Timo ging es ähnlich: Nicht nur seine Kehrseite brannte wie Feuer, auch sein übriger Körper wurde von Feuerwalzen überrollt. Die Schmerzen und das Wissen, dass ihm seine geliebte Ilka in einem knappen Lederdress die Hiebe verabreichte, hatten ihn unglaublich aufgeheizt. Sein Hodensack war zum

Bersten gefüllt und Timo sehnte sich mehr und mehr nach einer Erleichterung.

Ilka konnte ihre Begierde kaum noch zügeln. Als ihr Arm schließlich so weh tat, dass das Ende der Züchtigung gekommen war, nahm sie das als Zeichen des Schicksals und dankte innerlich dafür.

„Leg dich neben den Baum!" Ihr Kommando löste das Pfeifen und Klatschen des Rohrstocks ab.

Sofort legte sich Timo in ganzer Länge auf den Fußboden neben dem Baum. Sein steifes Glied bereitete dabei einige Probleme.

„Auf den Rücken, sofort!"

Wieder gehorchte er. Sein Penis ragte nun kerzengerade in die Luft.

Kaum lag er in der vorgeschriebenen Position, als Ilka auch schon unter den Rock griff und sich den Slip vom Leibe riss. Im nächsten Moment war sie über ihrem Mann und spießte sich auf seinem Lustspeer auf. Als das Glied ganz in ihrer Lusthöhle steckte, begann sie ihn im wilden Galopp zu reiten. Durch die Heftigkeit des Ritts wurde Timos Unterleib immer wieder fest auf den Boden gepresst, was angesichts des tüchtig versohlten Hinterns nicht angenehm war. Während sich Ilka ganz ihrer Lust hingab, mischte sich für Timo die Süße des Geschlechtsaktes mit dem Wermutstropfen permanenter Schmerzen, die sich einmal mehr von seinem Gesäß ausgehend im ganzen Körper verbreiteten. Doch ganz so lange brauchte er nicht zu leiden, denn sie waren beide durch die vorangegangene Peitschung seines Gesäßes so stark aufgeheizt, dass sie schon nach kurzer Zeit ihren Höhepunkt erreicht hatten. Mit einem wilden Schrei ergoss sich Timo in seine Ilka, die ebenso laut ihren Orgasmus hinausschrie. Ihre Leiber zuckten immerzu, bevor sie langsam in sich zusammenfielen.

Ilka saß noch ein paar Augenblicke auf seinem Schoß und genoss sein Glied in ihr. Es war nur ein klein wenig zusammengefallen, so dass sie nach einem kurzen Moment des Durchatmens mit der zweiten Runde begann. Diesmal dauerte es etwas länger, bis sie den Höhepunkt erreichten.

Kaum waren die letzten Momente verebbt, erhob sich Ilka und rutschte mit ihrem Körper so weit hoch, bis ihr Geschlecht über seinem Gesicht war. Dann ließ sie sich langsam darauf nieder.

„Los, sauberlecken!"

Sofort steckte er seine Zunge in ihr Lustloch und gab sich alle Mühe, ihre Vagina von seinem Sperma und ihrem Mösensaft zu befreien. Es war ein komisches Gefühl, dass eigene Sperma zu schmecken, aber er dachte nicht lange darüber nach, sondern konzentrierte sich voll und ganz auf seine Aufgabe. Die Erledigung wurde ihm jedoch erschwert, denn zweimal löste sein Zungenspiel einen Orgasmus bei Ilka aus, so dass dadurch die fast fertig gesäuberte Grotte erneut überflutet wurde.

Endlich war Ilkas Lust befriedigt. Nachdem Timo ihrer Muschi einen letzten Kuss gegeben hatte, erhob sie sich und strich den Rock glatt.

Auch Timo durfte sich nun erheben, allerdings nur, um sich rücklings über die Sofalehne zu legen. Dadurch ruhte sein Oberkörper auf der Sitzfläche, während die Unterschenkel über der Lehne baumelten. Seine Schenkel waren dagegen genau auf der Lehne platziert.

„Aus einer guten Laune heraus und wegen der Weihnachtsstimmung habe ich dir erlaub, mich bumsen zu dürfen. Aber anstatt mich, deine Herrin, ausgiebig zu befriedigen, hast du dir kaum Mühe gegeben."

Timo wollte widersprechen, aber eine harsche Handbewegung seiner Frau brachte ihn augenblicklich zum Verstummen.

„Du hast mir nicht nur einen der schlechtesten Ficks während unserer ganzen Beziehung abgeliefert, sondern mir auch noch mit deinem weibischen Geheule das Trommelfell malträtiert. Dafür werde ich dich jetzt bestrafen! Da dein Hintern aber wohl kaum noch Hiebe vertragen wird, sind jetzt eben deine Schenkel dran. Und damit du nicht mehr so laut bist, nimmst du jetzt das!"

Mit diesen Worten hob sie ihr klatschnasses Höschen vom Boden auf und steckte es Timo als Knebel in den Mund. Dann ging sie zum immer noch geöffneten Schrank und wählte einen schmalen, lilafarbenen Riemen aus. Damit bewaffnet ging sie zurück zum Sofa und nahm neben der Lehne Aufstellung.

„Jetzt bekommst du zehn Hiebe für den schlechtesten Fick des Jahres!"

Während Timo noch halb gequält und halb freudig aufstöhnte, platzierte Ilka schon den ersten Hieb. Er raubte Timo fast den Atem!

Sie streichelte sanft über die rote Stelle und massierte sie leicht. Langsam beruhige sich Timo wieder.

„Das war der erste Streich, und hier folgt der zweite!"

Fast wäre Timo bei diesem Hieb vom Sofa gerutscht, so heftig warf er sich der Schmerzen wegen hin und her.

Ilka sprach beruhigend auf ihn ein: „Pscht, alles gut, nur noch acht Hiebe, dann ist alles vorbei!" In Gedanken fügten beide unisono hinzu: ‚Für heute!'

Ilka konnte fast körperlich spüren, dass ihr Mann für heute kurz vor seiner Schmerzgrenze stand. Also zählte sie ihm zwar konsequent die noch ausstehenden Hiebe auf, aber die Intensität der Schläge war sehr, sehr gering. Timo konnte sie ganz leicht aushalten und das Spiel sowie die vorangegangenen Schmerzen in aller Ruhe genießen. Dabei spürte er, wie sich sein kleiner Freund wieder regte und groß wurde.

Auch Ilka bemerkte seine neuerliche Erektion. Kaum war seinen Schenkeln der letzte Hieb aufgezählt worden, als sie ihren Mann auch schon in eine sitzende Position zog. Dann glitt sie zwischen seine Beine und verwöhnte ihn auf Französisch. Als es ihm kam, schluckte sie voller Gier die ganze Ladung.

Anschließend gingen sie gemeinsam unter die Dusche, wo sie das warme Wasser genossen.

„Danke für das wunderbare Geschenk!", flüsterte ihr Timo ins Ohr und küsste sie liebevoll auf die Stirn.

Sie grinste ihn frech an: „Danke für das leckere Weihnachtsessen! Das will ich in Zukunft aber viel öfter haben – genau wie deinen ‚Gesang'!"

Seit diesem Weihnachtsfest wehte hinter der idyllischen Fassade immer öfter ein zeitweise rauer Wind!

Lusterfüllung

Ausgiebig tanzt das Paddle auf deinem süßen Po. Es verfärbt die marmorweiße Farbe in ein liebliches Rot, das sich zunehmend verdunkelt. Schon längst glüht dein Gesäß unter den Hieben, aber das ist kein Vergleich zu den Schauern wohliger Lust, die deinen Körper durchrasen. Dein Geschlecht brennt wie Feuer, und während sich dein Körper nach weiteren Schlägen sehnt, giert deine Seele nach der Vereinigung mit mir.

In der Liebesnacht
prasseln Hiebe hernieder,
während die Lust wächst.

Roter Po und feuchter Schlitz

Es war ein ganz normaler Wochentag, der wie so viele andere vor ihm begonnen hatte: Tanja und Martin waren zu ihrer jeweiligen Arbeitsstätte gefahren, um ihre Stunden abzuleisten. Während er jedoch in Vollzeit arbeitete, hatte sie wegen der Arbeiten im Haushalt ‚nur' eine Halbtagsstelle. Diese Einteilung hatte sich bewährt, denn so hatten sie den Abend ganz für sich und ihre Liebe. Das war auch nötig, denn sie liebten sich auch noch nach all den Jahren so wie ganz am Anfang ihrer Beziehung. Nicht viele in ihren Kollegen- und Bekanntenkreis konnten das von sich behaupten. Allerdings verband sie auch ein erotisches Geheimnis, von dem niemand etwas wusste.

An diesem Tag verging für Tanja die Arbeitszeit wie im Fluge. Grund war eine Kollegin, die aus den Flitterwochen zurückgekommen war und von fernen Stränden und wilden Sexspielen in heißem Sand berichtete. Ihren Reden nach zu urteilen hatten sie und ihr frischgebackener Mann keine Stellung ausgelassen und wären um Haaresbreite mehr als nur einmal fast erwischt worden. Von den Jubelarien auf die Potenz des für Tanja fremden Mannes war sie schnell ermüdet, aber dennoch hallten die Erzählungen über die erotischen Aktivitäten in ihrem Kopf nach. Sogar mehr, als es Tanja lieb war, denn in ihr keimte der Wunsch auf, auch mal wieder tüchtig genommen zu werden. Nun war das Sexleben von ihr und Martin gut und sie hatten ebenfalls schon viele Stellungen ausprobiert, wenngleich in ihrer Wohnung und nicht in der Öffentlichkeit, aber Tanja liebte nicht nur den Geschlechtsakt, sondern sie hatte auch ein süßes Geheimnis: Sie liebte es, Schläge auf ihr Gesäß zu bekommen! Martin kannte natürlich diese Vorliebe seiner Frau und es machte ihm nichts aus, ihr die ersehnten Hiebe zu verabreichen. Er genoss es sogar, weshalb er sie immer wieder versohlte. Allerdings nicht täglich, weil Tanja gerne echte Hiebe mit einem Paddle beziehen wollte, was natürlich Spuren hinterließ. Also hatten sie die Absprache getroffen, dass immer dann, wenn die Spuren des Paddle fast verblasst waren, sie die nächste Tracht Prügel bekam. Dazwischen praktizierten sie andere Varianten der Lusterfüllung, wobei keine von Tanjas Öffnungen zu kurz kam. Niemand ahnte etwas von diesem Geheimnis, und es stand zu bezweifeln, dass man es im Falle eines bekannt werden akzeptieren würde.

Inzwischen lag die letzte Anwendung des Paddle beinahe drei Wochen zurück. Kein Wunder also, dass sich Tanja sehnlichst eine Tracht Prügel wünschte. Alleine beim Gedanken, zunächst ordentlich etwas hintendrauf zu bekommen und dann von ihrem Mann tüchtig gebumst zu werden, ließ sie zwischen den Beinen feucht werden. Während ihre Kolleginnen den erotischen Abenteuern des frisch vermählten Paares lauschten, träumte Tanja davon, am Strand versohlt zu werden, wo sie jederzeit dabei gesehen werden konnte. Diese erotischen Tagträume blieben nicht ohne Folgen, denn ihr Geschlecht reagierte sofort! Als die Feuchtigkeit in ihrem Höschen rapide anschwoll, riss sie sich zusammen und bemühte sich, nicht mehr an Sex zu denken.

Nun weiß natürlich jeder, dass sich erotische Gedanken nicht so leicht abschütteln lassen, schon gar nicht, wenn man sie ganz bewusst verdrängen will. So war es nicht verwunderlich, dass sich immer wieder die Erinnerung an vergangene Schläge in ihre Gedanken schlich und die Hitze zwischen ihren Beinen anschwoll. Immer mehr Feuchtigkeit sickerte in ihren Slip, sodass sie sehr besorgt wurde, dass sich etwas auf ihre Oberkleidung abzeichnen könnte. Deshalb bemühte sie sich immer wieder, betont unauffällig die Toilette aufzusuchen, um ihren Schlitz abzutrocknen und ihr Höschen mit Toilettenpapier auszustopfen, damit die Feuchtigkeit sich nicht bis zu ihrer Oberhose vorarbeiten konnte. Zum Glück hatte sie heute ein schwarzes Beinkleid gewählt, was einem zufälligen Zeugen sicher das Erkennen eines etwaigen Malheurs deutlich erschwert hätte, aber sie wollte dennoch kein Risiko eingehen.

Die Zeiger der Uhr bewegten sich für ihren Geschmack überhaupt nicht vorwärts, und auch ihre Konzentrationsfähigkeit ließ wegen der unkeuschen Gedanken rasch nach. Schließlich war ihre gedankliche Ablenkung so groß, dass sie nur Kleinigkeiten an ihrem Arbeitsplatz erledigte, damit ein etwaiger Fehler keine allzu großen Korrekturen erforderlich machen würde.

Aber jede Qual hat schließlich mal ein Ende, und auch Tanja wurde endlich vom Feierabend erlöst. Sofort eilte sie nach

Hause und suchte fieberhaft in ihrem Kleiderschrank nach einem anregenden Outfit. Sie wollte Martin heute verführen und endlich wieder ihre wahre Lust ausleben. Zeit wurde es, denn ihr Schlitz kochte inzwischen geradezu vor Lust, aber auch ihr Hinterteil kribbelte heftig in Vorfreude auf die erwarteten Hiebe. Der Gedanke, heute wieder tüchtig versohlt zu werden, löste dabei in ihr eine so große Welle der Lust aus, dass sie zuletzt nicht anders konnte als zu masturbieren. Es dauerte nicht lange, und sie erreichte ihren Höhepunkt. Als es ihr kam, war ihre Lust zwar noch lange nicht befriedigt, aber ihr Schlitz würde soweit Ruhe geben, um die passende Kleidung aussuchen zu können.

Sie ließ sich Zeit, denn sie wusste, wie sehr Martin erotische Kleidung schätzte, und sie hatte darum mehr als genug davon. Schließlich traf sie aber eine Entscheidung. Bevor sie die frische Kleidung anzog, eilte sie noch ins Bad und duschte kurz. Dabei spürte sie erneut die enorme Hitze zwischen ihren Beinen, weshalb sie sich erneut befingerte. Mit dem neuerlichen Höhepunkt sollte ihre Muschi Ruhe geben, bis Martin zu Hause sein würde und ihre Befriedigung übernehmen konnte.

Lange musste Tanja nicht mehr auf ihren Mann warten. Als er zur Tür hereinkam, empfing ihn seine Frau an den Türrahmen des Wohnzimmers gelehnt in einer durchsichtigen Bluse, sodass er sofort erkennen konnte, dass sie keinen Büstenhalter trug. Dafür konnte er ihre Brustwarzen umso besser sehen, denn sie waren steinhart und drückten mit Macht gegen den dünnen Stoff der Bluse.

Martin grinste: „Das ist ja ein netter Empfang! Bist du heiß oder kommst du gerade von deiner Schicht auf dem Strich?"

„Wenn du es mir ordentlich besorgst, brauche ich nicht auf den Strich zu gehen", gab sie zur Antwort.

Dann trat sie rasch auf ihn zu und bedeckte sein Gesicht mit heißen Küssen. Dabei ließ sie immer wieder wie zufällig ihre Hand zwischen seine Beine gleiten, wo sie sofort den prallen Ständer spürte.

Martin stand ihr im Abtasten in nichts nach. Sie wild küssend hatte er auch ohne Hinzuschauen nur durch Tasten festgestellt, dass sie unter ihrem kurzen Rock halterlose Strümpfe und einen Slip trug.

„Dein Höschen ist im Schritt offen", stellte er plötzlich mit gespieltem Erstaunen fest.

„Ja, mir war heute danach, etwas Unanständiges zu tragen", hauchte sie lasziv.

„Einen BH hast du auch nicht an!"

„Der engt meine süßen Tittis immer so ein, aber heute wollte ich ihnen die Freiheit gönnen", grinste sie.

„Das ist aber alles sehr verdorben!" Gespielt empört hob er den Zeigefinger und drohte ihr damit.

„Oh ja, das ist es", bestätigte sie eifrig nickend, „heute bin ich ein ganz verdorbenes Mädchen!"

Er ging sofort auf ihr Spiel ein: „Du siehst aus wie eine Sau im Nuttendress, das trifft es wohl besser!"

„Meinst du?", gab sie sich überrascht und ahnungslos.

„Ja, du bist angezogen wie eine notgeile Sau – vielleicht sollte ich dich wirklich auf den Strich schicken – nicht weit von hier ist doch ein Rastplatz für Lkw, da könntest du unsere nächste Urlaubsreise erarbeiten."

„Das könnte ich machen", sie schenkte ihm ein verführerisches Lächeln, während sie fortfuhr: „oder du besorgst es mir selber."

„Für deinen versauten Aufzug soll ich dich auch noch mit Sex belohnen? Du tickst wohl nicht richtig"

„Das ist wahr, das wäre nicht gut", seufzte sie theatralisch und wirkte ganz enttäuscht. Plötzlich hellte sich ihr Gesicht auf und sie schlug vor: „Dann bestraf mich doch, bevor du mich vögelst."

„Hm", Martin tat, als ob er nachdenken würde, bevor er zustimmte: „Eine gut Idee!" Dabei spürte er, wie sein steifes Glied gegen den Stoff der Hose drückte, als wollte es seine Gefängnismauern sprengen.

„Soll ich das Paddle holen?", fragte sie mit einem unschuldigen Augenaufschlag.

„Ja, du wirst es mir jetzt holen – aber auf allen Vieren"

„Oh, wie streng du heute bist!", lächelte sie und ließ sich rasch auf Hände und Knie nieder. Kaum berührten ihre Hände den Boden, schlug Martin ihren Rock hoch. Nun lag das weiße Höschen offen vor seinen Augen und bildete einen herrlichen Kontrast zu Tanjas gebräunter Haut. Durch die klaffende Öffnung im Schritt konnte er zudem sehr gut ihr Geschlecht erkennen, was seine Lust noch weiter anheizte. Der Umstand, dass ein paar voreilige Lusttropfen auf ihrem Schlitz glänzten, steigerte seine Erregung nur noch weiter.

Während Tanja in aufreizend langsamem Tempo gehorsam zum Schlafzimmer kroch, verfolgte er jede ihrer Bewegungen mit seinen Blicken. Obwohl sie sich Zeit ließ, dauerte es nicht lange und sie kam zurückgekrabbelt, das Paddle in Ermangelung einer freien Hand im Mund apportierend.

Vor Martin angekommen, richtete sch Tanja in eine kniende Position auf, nahm das Züchtigungsinstrument aus ihrem Mund und präsentierte es ihm mit gesenktem Blick auf ihren Handflächen. Martin genoss diesen Anblick einige Momente, dann nahm er das Paddle in die Hand und ließ prüfend seine Hände darüber gleiten.

Tanja konnte es kaum erwarten, endlich ihre geliebten Hiebe zu empfangen. Ohne eine weitere Aufforderung von ihrem Mann abzuwarten, legte sie sich in vorauseilendem Gehorsam über die Sessellehne.

Sofort höhnte ihr Mann: „Na, du hast es aber eilig –willst es wohl schnell hinter dich bringen, um genagelt zu werden, was? Wenn du dich da mal nicht verrechnet hast, Süße! Erst setzt es nämlich was hintendrauf!"

Bevor Tanja darauf antworten konnte, traf sie bereits der erste Hieb des Paddle. Sie zuckte kurz zusammen und konnte es kaum erwarten, die nächsten Schläge zu empfangen, so sehr genoss sie die Situation. Da Martin die Vorlieben seiner Frau ganz genau kannte, holte er mehrmals kurz hintereinander aus und schlug fest zu. Erst als Tanjas Gesäß heftig zu wackeln begann, gönnte er ihr eine kleine Pause.

Seine Frau genoss die ersten Hiebe, und als nach einem halbe Dutzend Schläge ihr Gesäß hübsch schmerzte und es von wohliger Wärme eingehüllt wurde, spürte sie die Schmerzen durch ihren Körper rasen – und ebenso das wilde Pochen, dass das Feuer der Hiebe zwischen ihren Beinen auslöste, jenes Feuerwerk von Schmerz und Hitze, das sie so sehr liebte. Sie wusste, dass sie auch ohne Hiebe scharf werden und zum Höhepunkt kommen konnte, aber nach einem ordentlichen Povoll war ihre Lust viel intensiver und die Höhepunkte jenseits dessen, was sie ohne die Stimulanz mit dem Paddle erreichen konnte. Martin wiederum liebte es, seiner Frau den süßen Hintern tüchtig zu versohlen und sie danach kräftig zu bumsen.

Nach einer kurzen Pause setzte es weitere Hiebe. Tanja stöhnte immer heftiger, aber nur zu einem geringen Teil wegen der Schmerzen, denn der weitaus größere Grund war die in ihr unaufhaltsam steigende Lust! Längst schon glänzte ihr Schlitz vor Feuchtigkeit, was durch die Öffnung in ihrem Höschen gut zu sehen war, und an den Sliprändern war der dünne Stoff bereits kräftig mit Liebessaft getränkt.

Martin waren die Reaktionen seiner Frau und die Veränderungen in ihrer Stimmlage nicht entgangen. Nach einem halben Dutzend weiterer Hiebe hielt er inne und fuhr mit einer Hand über den nicht nur feuchten, sondern inzwischen klatschnassen Schritt seiner Frau. Bei dieser Berührung gurrte sie wohlig und stöhnte laut vor Erregung.

Aber noch wollte er sie nicht nehmen. Da sein Ständer wegen der Enge in seiner Hose heftig protestierte, entledigte er sich rasch seiner Kleidung. Dann befreite er kurz entschlossen Tanja von ihrem Höschen. Nun lag ihr feucht glänzendes Geschlecht wegen des hochgeschlagenen Rockes frei vor ihm und wurde von den Rändern der Strümpfe umrahmt, was seine Erregung zusätzlich anheizte. Am liebsten hätte er sein Glied sofort in ihrer Spalte versenkt, aber er wusste aus Erfahrung, dass sie noch nicht den höchsten Grad ihrer Lust erreicht hatte.

Also griff er kurz entschlossen wieder zum Paddle und verabreichte ihr zahlreiche weitere harte Hiebe hintereinander. Da Tanja schon etliche Schläge aufgezählt bekommen hatte, war sie nun nicht mehr so beherrscht wie am Anfang ihres Spiels. Ihr Hinterteil wackelte jetzt ganz ungeniert wild hin und her, während die Liebeslust ihr Kätzchen wie in einem Höllenfeuer schmoren ließ und es zu verbrennen drohte.

Längst schon glühte ihr Gesäß wie im Höllenfeuer und wurde von einem hübschen Rot-Ton überzogen, der Martin an die Grenze der Belastbarkeit brachte. Er liebte diesen Anblick und die dazugehörigen unanständigen Bewegungen seiner Frau, aber dennoch zwang er sich zum Abwarten. Er verabreichte seiner Frau noch viele weitere Hiebe mit dem Paddle. Zwischendurch befingerte er immer wieder ihre Schamlippen und steckte ihr neckend für einen Moment einen Finger in ihren kochend heißen Schlitz. Ja, die Tracht Prügel hatte sie unglaublich scharf werden lassen, aber nicht nur sie: Auch Martin war inzwischen so aufgegeilt, dass er am liebsten gleich losgelegt und es seiner Frau kräftig besorgt hätte! Aber noch immer riss er sich zusammen.

War Tanjas Stöhnen bei den letzten Hieben schon heftig angeschwollen, so steigerte es sich bei den nun folgenden Schlägen zu einer unglaublichen Mischung aus Schmerz- und Lustjaulen.

Schon länger bettelte sie: „Fick mich, bitte, bitte, fick mich endlich!", doch Martin hatte sie noch nicht erhören wollen. Allerdings spürte er, dass es nur noch eine Frage von Minuten war, bis er es seiner Frau besorgen würde. Bis dahin schlug er sie aber immer wieder auf den Po und zog zwischendurch mehrmals seine Handkante durch ihren Schlitz. Manchmal hielt er ihr danach seine Hand vor den Mund, und sofort leckte sie gehorsam alles sauber. Der Geschmack ihres eigenen Lustsaftes im Mund heizte sie noch zusätzlich an.

Als Tanja nur noch ein wimmerndes und um Sex bettelndes Etwas war, konnte Martin nicht länger an sich halten. Rüde, wie sie es mochte, griff er seiner Frau zwischen die Beine, um seine Hand ordentlich mit ihrem Geilsaft einzuschmieren. Dann rieb er zuerst ihr Poloch und dann sein Glied mit ihrem Saft ein, um es als Gleitmittel zu benutzen. Als alles gut eingeschmiert war, stellte er sich in Position und drang sanft, aber bestimmt in ihren Anus ein.

„Ja, oh ja!", keuchte Tanja.

Martin versenkte langsam seinen ganzen Schaft in ihr. Ale er ganz in ihr war, zog er ihn leicht zurück, um ihn gleich darauf wieder nach vorne zu schieben.

„Ja, ja, so ist es gut, fick mich, Schatz, fick mich!!!!", schrie sie mit vor Wollust bebender Stimme.

Das ließ er sich nicht zweimal sagen. Jetzt vögelte er seine Frau tüchtig in ihren frisch versohlten Hintern. Immer wieder konnte er in seinem Lendenbereich die von den Hieben verursachte Hitze spüren, die noch durch das Liebesfeuer ihres Schlitzes verstärkt wurde.

Beide waren so aufgeheizt, dass es nicht lange dauerte, bis sich Martin im Anus seiner Frau verströmte. Anstatt nun aber seinen Penis herauszuziehen, läutete er gleich die zweite Runde ein. Diesmal dauerte es etwas länger, bis es ihm kam, aber wieder entlud er eine Ladung Samen in ihr.

Nachdem sich ihre Körper getrennt hatten, begann er zu schimpfen: „Du schmutziges Ding, du! Schau mal, was du mit meinem Schwanz gemacht hast! Ganz schmutzig ist er von deinem Arsch!"

Gespielt empört erwiderte Tanja: „Mein Hintern ist sauber, da kannst du dein Ding nicht schmutzig gemacht haben! Wer weiß, bei wem du es noch hineingesteckt hast!"

„Na warte, du freches Luder, dir werde ich das Lästern austreiben!"

In gespielter Empörung drückte er Tanja erneut auf die Sessellehne runter. Gleich darauf hielt er wieder das Paddle in der Hand und begann, seine Frau auf ein Neues zu versohlen.

Wieder und wieder ließ er das Züchtigungsinstrument nieder-
sausen. Da seine Lust durch die zweimalige Entladung vorerst
verebbt war, verzichtete er auf das prüfende Abtasten ihres
Schlitzes. Aus Erfahrung wusste er aber, dass sie es nicht
mehr lange ohne gestopftes Loch aushalten würde.

Schließlich beendete er das Versohlen. Halb zog er Tanja
auf den Fußboden, halb ließ sie sich dort nieder, denn sie
wusste, was nun kommen würde. Kaum berührte ihr Rücken
den Boden, spreizte sie auch schon weit ihre Beine, so sehr
ersehnte sie den kommenden Fick. Schnell drang sein Glied in
ihre Liebesmuschel ein und mit rhythmischen Bewegungen
bescherte er ihr einen Höhepunkt. Er selbst hielt sich noch
zurück, und erst als sie ihren zweiten Orgasmus in den Raum
jaulte, ließ er seinem Saft freien Lauf.

Nun fühlte er sich erschöpft und ausgepumpt, aber dennoch
hatte er die Kraft, sich vom Fußboden zu erheben und auf das
Sofa zu setzen. Dabei zog er Tanja mit sich, die das nur zu
gerne mit sich machen ließ. Sie wusste, was kommen würde,
und liebte diesen Teil ganz besonders. Bevor sie aber weiter
nachdenken konnte, zog Martin seine Frau über seine Knie.
Mit der bloßen Hand verdrosch er ihr nun eine Zeitlang den
Hintern, ohne von ihrem Gezappel oder ihrem Protest Notiz zu
nehmen. Plötzlich hörte er jedoch mit den Schlägen auf und
steckte ihr zwei Finger in den Schlitz. Er spürte die feuchte
Hitze in ihrem Unterleib, und sofort begann er sie mit seinen
Fingern zu nageln. Als es ihr kam, spürte er den Strom von

Geilschleim, der ihrer Lusthöhle entströmte und seine Beine benetzte.

Martin wartete einige Augenblicke. Als sich seine Frau wieder beruhigt hatte und halbwegs gleichmäßig atmete, wiederholte er das Spiel: Erst zahlreiche feste Popoklatscher mit der Hand, danach Befingerung bis zu ihrem Höhepunkt.

Dieses Spiel wiederholte er dreimal, dann spürte er, dass ihr die Kräfte auszugehen drohten. Es war also an der Zeit, für heute das Spiel zu beenden.

„Aufstehen", herrschte er sie an.

Mühsam erhob sich Tanja von seinen Knien. Man sah ihr an, wie wackelig sie auf ihren Beinen stand.

„Auf die Knie mit dir!"

Gehorsam kniete sie nieder und setzte sich auf ihre Hacken. Eigentlich war ihr das nur mit seiner Genehmigung erlaubt, aber Martin erkannte, dass sie einfach zu erschöpft war, um darauf noch warten zu können. Also ließ er ihr diesen Regelbruch durchgehen.

„Dein Hintern ist ein extrem schmutziges Stinkloch und hat meinen sauberen Schwanz beschmutzt. Also los, du Ferkel, leck ihn mir sauber, oder brauchst du dazu eine Aufforderung mit dem Paddle?"

„Nein, Schatz", murmelte Tanja. Dann beugte sie sich vor, nahm sein schlaffes Glied in die eine Hand und massierte mit der anderen seinen Hodensack. Sie hatte im Laufe der Zeit ihre Technik immer weiter verfeinert, und so dauerte es nicht lange und sein Glied war zu einem Ständer herangewachsen.

Sofort nahm sie ihn in den Mund und lutschte und saugte voller Inbrunst. Angesichts seiner bereits erfolgten Entladungen dauerte es dieses Mal sehr lange, aber schließlich spürte sie seinen Orgasmus nahen. Tatsächlich dauerte es nach dem Spüren der Lust nur noch ein paar Augenblicke, bis er sich in ihrem Mund entlud. Tanja schluckte seinen Saft, und da angesichts der vorangegangenen Entladungen nicht mehr viel Sperma kam, konnte sie alles problemlos aufnehmen und schlucken.

„Und jetzt ab unter die Dusche!", befahl er grinsend.

„Aber bitte keinen Sex mehr, ich bin schon ganz wund", lächelte sie zurück.

„Aber ein paar Klapse sind hoffentlich noch drin?"

„Natürlich, davon kann ich immer welche vertragen!"

Mit einem langen Zungenkuss beendeten die beiden ihr Spiel und begaben sich ins Bad. Dort duschten sie ausgiebig, bevor er Tanja mit sanften Klapsen nackt zum Bett trieb. Kaum dort angekommen, kuschelte sie sich in seine Arme. Minuten später war sie eingeschlafen, während er noch lange den Ereignissen des Abends nachhing.

Respekt

Mancher Anblick ist so verführerisch, dass man den Blick nicht abwenden kann, sosehr man es auch möchte. Das kann gefährlich werden, denn das ungenierte Starren auf den üppigen Vorbau einer Frau kann sehr schnell zu Ärger führen – vor allem dann, wenn sie in der stärkeren Position ist.

In meiner Firma
verlangen Frauen Respekt.
Lernen durch Schmerzen.

Wie die Mutter, so die Tochter

Mit gemischten Gefühlen ging Elke auf das Schulgebäude zu. Trotz des strahlenden Sonnenscheins sah es immer noch so grau und Furcht einflößend wie zu ihrer Schulzeit aus. Gut, sie hatte hier viel Spaß gehabt, dafür genau deshalb auch oft genug viel Ärger bekommen. Inzwischen dachte sie gerne an ihre schönen Erlebnisse zurück, angefangen von der ersten Zigarette über ihren ersten Suff und dem Experimentieren mit Joints bis hin zu ihren ersten sexuellen Erfahrungen. Dass unter ihren vielen Eskapaden die Konzentration auf den Unterricht und damit die Noten gelitten hatten, war beinahe unausweichlich gewesen. Zudem der ständige Ärger, weil ihre Eltern vom Klassenlehrer, teils sogar vom Direktor einbestellt wurden, weil man Elke mal wieder bei etwas Verbotenem erwischt hatte. Was war sie froh gewesen, als sie endlich ihren Schulabschluss in Händen hielt und der Schule den Rücken kehren konnte.

Leider konnte sie mit dem Verlassen der Schule nicht alle Gewohnheiten hinter sich lassen, und so kam, was wohl kommen musste: Wegen einer ‚Ehrenrunde' hatte sie erst mit 17 Jahren gerade so ihren Realschulabschluss geschafft, aber das war ja immerhin etwas! Leider trieb sie es auch während der Ausbildung gerne mit den jungen Männern, und mit 18 Jahren war sie schwanger. Der Vater hatte sich gleich am Abend des positiven Tests aus dem Staub gemacht, und so lebte Elke nun von Arbeitslosengeld II, das im Volksmund

Hartz IV genannt wurde. Es war nicht leicht, sich und ihre Tochter durchzubringen, aber da sie beide bei Elkes Eltern wohnen konnten, ging es leidlich. Immerhin hatte Elke im Laufe der Zeit ihre Fehler eingesehen und war bemüht, ihre Tochter davon abzuhalten. Leider war der Erfolg ihrer Bemühungen eher mäßig. Viola, ihre Tochter, war inzwischen 14 Jahre alt und trieb es zwar nicht ganz so schlimm wie ihre Mutter im gleichen Alter, aber auch Viola war kein Kind von Traurigkeit. Nun fand sich Elke in der früheren Rolle ihrer Eltern wieder und wurde zum Klassenlehrer zitiert. Immerhin nur zum Klassenlehrer, zum Direktor musste Elke wegen Viola noch nie.

Heute war es auch wieder so weit – Herrn Ahrens hatte Elke zu sich bestellt, weil Violas Leistungen stark abgefallen waren, seit sie von einigen Jungen aus den beiden höheren Jahrgängen umschwärmt wurde.

‚Ausgerechnet der Ahrens', dachte Elke, denn der war schon damals ihr Klassenlehrer gewesen. Inzwischen musste er kurz vor der Rente stehen, aber so genau wusste sie das nicht. Dafür erinnerte sie sich, dass er gerne auf ihren in die Höhe rutschenden Rocksaum geschaut hatte, wenn sie auf diese Weise ihre mündliche Note verbessern wollte, um die ‚5' im schriftlichen Teil auszugleichen. Sie hatte sogar den Eindruck gehabt, dass er auf sie stehen würde, aber der Altersunterschied und natürlich auch ihr Lehrer-Schülerin-Verhältnis hatte das Ganze aussichtslos gemacht. Aber trotz seines Interesses an ihren Schenkeln und ihrem Slip, sofern sie bei solchen Gelegenheiten überhaupt einen getragen hatte, hatten Herrn

Ahrens nicht gehindert, Elkes Eltern über ihr Treiben zu informieren. Mit Schaudern dachte Elke an die Tracht Prügel, die sie dann von ihrem Vater mit dem Gürtel bezogen hatte.

Während all diese Gedanken in ihr hochkamen, hatte sie das Klassenzimmer erreicht, in dem Herr Ahrens sie sprechen wollte. Es war der gleiche Raum, in dem sie die letzten Schuljahre verbracht hatte. Sofort kamen wieder die Erinnerungen hoch und auf dem weg dorthin wurde Elke immer kleiner.

Doch vor der Tür angekommen, erinnerte sie sich daran, dass sie heute nicht als Schülerin hier war, sondern als Mutter. Das war eine ganz andere Funktion! Also atmete sie vor der Tür nochmals tief durch, strich sich mit fahrigen Fingern ihren Rock glatt und straffte die Schultern. Dann klopfte sie, was aber recht zaghaft klang. In ihrem Unterbewusstsein war sie hier, in ihrer alten Schule, immer noch die ungezogene Schülerin.

Obwohl ihr Klopfen zögerlich und leise war, war es drinnen vernommen worden. Ein energisches „Herein!" ließ Elke erst zusammenzucken und dann zögerlich den Raum betreten.

Herr Ahrens saß wie immer bei solchen Terminen hinter dem Lehrerpult. Davor war ein Stuhl aufgestellt, der für Elke bestimmt war.

Langsam nahm sie Platz und bemerkte im letzten Moment, dass ihr Rocksaum nach oben gerutscht war. Hastig stich sie ihn wieder herab, was aber nicht ganz einfach war, weil der Rock gerade bis knapp oberhalb des Knies reichte. Aber das war der längste Rock, den sie besaß.

„Immer noch die gleiche Masche wie früher, was?", begann Herr Ahrens unverzüglich das Gespräch.

Elke spürte, wie sie errötete.

„Nein, ich – das war keine Absicht", stammelte sie. Sofort ärgerte sie sich, dass sie sich wie eine Schülerin vor einem Lehrer rechtfertigte, obwohl sie doch jetzt eine Mutter war und damit auf Augenhöhe mit dem Lehrer sein sollte.

„Ja, natürlich, das war es ja schon früher nie."

„So oft ist es ja nicht vorgekommen."

„Weil ich immer deine Eltern informiert habe."

„Ja, das haben sie gemacht", hauchte Elke und dachte wieder an die dafür bezogene Tracht Prügel. Komischerweise lösten die Erinnerung und die augenblickliche Situation in ihr lustvolle Gefühle aus. Erstaunt und erschrocken zugleich spürte sie, dass sich ihr dünner, weißer Slip feucht anfühlte.

„Nun, wir wissen beide, was du für ein Potential hast. Hättest du das damals abgerufen und nur ein kleines bisschen mehr gelernt, würdest du heute viel besser dastehen. Aber sei es drum, es waren deine Entscheidungen und da deine Schulzeit herum ist, geht mich das nichts mehr an. In der Gegenwart bin ich nun aber der Klassenlehrer deiner Tochter, und die ist drauf und dran, deine Fehler zu wiederholen. Willst du das?"

Elke schüttelte den Kopf.

Dann begann Herr Ahrens die Versäumnisse und Verfehlungen von Elkes Tochter Viola aufzuzählen. Tatsächlich hörte es sich für Elke so an, wie es damals für ihre Eltern geklungen haben musste, wenngleich es Viola noch lange nicht so bunt trieb wie ihre Mutter. Das räumte sogar Herr Ahrens ein, bevor er gleich hinzufügte: „Aber das kann und wird sehr wahrscheinlich noch alles kommen. Wehret den Anfängen!"

„Ja, aber – ich werde mit ihr reden", versprach Elke.

„Reden hilft aber nicht viel, wie du ja aus eigener Erfahrung weißt, oder?"

„Reden? Mein Vater hat mich ganz schön verdroschen, als sie ihm die Sache mit meinem – na ja, erotischen Versuch gepe-äh, gemeldet haben."

„Ja, die drei Bestrafungen hattest du aber auch mehr als verdient. Deine Eltern hätten aber schon viel früher anfangen sollen, dich konsequent von Dummheiten abzuhalten."

„Was meinen sie?"

„Hausarrest, Fernsehverbot, Hinternvoll – irgendetwas, dass dich zur Vernunft gebracht hätte. Aber deine Eltern haben dich lange Zeit mit Samthandschuhen angefasst und alles laufen lassen, deshalb hast du dir immer mehr Unbotmäßigkeiten herausgenommen. Das Ergebnis kennen wir, nicht wahr?"

„Das Ergebnis?"

„Mit deiner Intelligenz könntest du heute eine gut bezahlte Arbeit haben, wie deine ganzen damaligen Mitschüler auch, vielleicht sogar noch besser. Stattdessen Hartz IV – hast du dir dein Leben so vorgestellt?"

Mit Schamesröte im Gesicht schüttelte Elke den Kopf.

„Und jetzt machst du die gleichen Fehler bei deiner Tochter", fuhr der alte Lehrer ungerührt fort, „nicht mehr lange, und Viola wird so sein wie du. Also musst du konsequenter werden –

dabei müssen es nicht mal Schläge sein, denn ein Handyverbot wirkt heutzutage Wunder."

„Ich weiß nicht", hauche Elke, „ob ich so – so streng sein kann. Wenn ich ihr das Handy wegnehme, macht sie ein Mordstheater, und das will ich nicht haben."

„Also fehlendes Durchsetzungsvermögen, ja? Du gehst den Weg des geringsten Widerstandes, wie ihn schon deine Eltern seinerzeit viel zu lange gegangen sind."

Während Elke unruhig auf ihrem Stuhl herumrutschte, versank der alte Lehrer in Grübeleien.

Die Minuten dehnten sich und wirkten wie eine Ewigkeit. Am liebsten wäre Elke gegangen, aber sie ahnte, dass das Gespräch noch nicht beendet war. Es von sich aus für beendet zu erklären, traute sie sich nicht, die ganze Atmosphäre schüchterte sie ein und ließ sie wieder zur Schülerin werden, die der Gnade der Lehrer ausgeliefert war – nur dieses Mal zu einer, die für die Fehler anderer, ihrer Tochter, gerade stehen musste.

Schließlich räusperte sich Herr Ahrends. Offensichtlich war er zu einem Ergebnis gekommen.

„Viola lässt sich von älteren Jungen ablenken, was ihre schulischen Leistungen einbrechen lässt. Richtig?"

Ein scharfer Blick traf Elke, die daraufhin nur stumm nicken konnte.

„Du könntest das Problem angehen, siehst dich aber dazu außerstande, ja?"

Wieder ein stummes Nicken, wenn auch mit einem kurzen Zögern.

„Wir wollen beide, dass es deiner Tochter nicht so ergehen wird wie dir, oder?"

Erneutes Nicken, diesmal ohne Zögern.

„Kannst du nicht mehr sprechen, oder was ist los?", fuhr Herr Ahrends sie unvermittelt an.

Elke erschrak so heftig, dass sie sich fast ins Höschen gemacht hätte.

„Doch, ich –also – ich – äh – kann sprechen", stammelte sie, um dann rasch mit etwas festerer Stimme hinzuzufügen: „Ich sehe das genauso wie sie!"

„Na schön, dann lass uns eine Abmachung treffen: Du wirst in Zukunft gegenüber deiner Tochter weniger nachgiebig und stattdessen konsequenter sein. Du kontrollierst ihre Hausaufgaben und ihren Umgang mit anderen – dazu gehört auch die Kontrolle von Violas Handy. Für jede schlechte Note oder bei jedem Problem werde ich dich einbestellen und zur Verantwortung ziehen. Einverstanden?"

„Ja, gut, einverstanden! Aber – äh – wie wollen sie mich denn zur Verantwortung ziehen?"

„Indem ich das mache, was deine Eltern zu spät begonnen haben – konsequentes Bestrafen."

„Was meinen sie?"

„Ich werde dir den Schlüpfer strammziehen", kam ungerührt die Antwort.

„Aber – das geht doch nicht! Ich bin kein Kind mehr, sondern eine erwachsene Frau!", begehrte Elke auf.

„Wohin dich die fehlende Konsequenz geführt hat, weißt du selber nur zu gut! Willst du, dass es Viola dir gleichmacht?"

„Nein, natürlich nicht", murmelte Elke etwas kleinlauter.

„Also übernimm gefälligst die Verantwortung! Viola ist noch jung, sie hat noch nicht den richtigen Überblick, aber du hast ihn! Du kennst ihre Denkweise und die als Mutter – also bewahre sie vor deinen Fehlern!"

„Ja, okay, sie haben ja Recht", gab Elke nach, „ich werde sehen, was ich machen kann."

„Das ist zuwenig!"

„Wie meinen sie das?"

„Du musst es wollen! Wenn du jetzt gehst, wissen wir beide, dass sich nichts ändern wird. Richtig?"

Elke senkte den Kopf.

„Also schlage ich vor, dass ich dich zu der Änderung deines Verhaltens motiviere. Früher, als Schülerin, konnte ich dich wegen der Vorschriften nicht übers Knie legen, aber heute sind die Vorzeichen anders. Einverstanden?"

„Sie – sie wollen mich...."

„Versohlen", vollendete Herr Ahrends den Satz, „Ja, allerdings, das will ich, damit du weißt, was dir blüht, sobald Viola die nächste schlechte Note schreiben oder Unfug machen wird."

„Aber – aber, das geht doch nicht."

„Muffensausen?"

Elke wand sich, aber dann nickte sie doch. Zu ihrem Ärger spürte sie das nächste Erröten – und auch, dass ihr Slip inzwischen mehr als nur feucht war. Das Gespräch hatte eine ganz andere Richtung als geplant genommen, aber das schien Elkes Lust angestachelt zu haben.

„Also?"

Automatisch nickte sie ergeben.

„Dann steh bitte auf, heb deinen Rock hoch und leg dich auf das Pult."

„Ich dachte – sie wollten mich übers – übers Knie legen?"

„Bei der Schwere der hier vorliegenden Probleme wäre das zu milde."

Elke verstand nicht, was ihr der alte Lehrer damit sagen wollte, aber ihr Schlitz pochte so heftig, dass sie nicht mehr lange nachdachte. Rasch stand sie auf, hob vor den Augen ihres ehemaligen Lehrers den schwarzen Rock hoch und presste ihren Oberkörper auf das Pult. Ihr weißer Slip war etwas in die Pokerbe gerutscht und sie hatte es versäumt, ihn ordentlich zurechtzuzupfen. Nun war es zu spät und eine halbe Pobacke war entblößt den Blicken des Lehrers preisgegeben.

Herr Ahrends betrachtete kurz die vor ihm liegende Frau, die mal eine sehr hoffnungsvolle Schülerin gewesen war. Er hoffte, mit dieser drastischen Maßnahme wenigstens der Tochter eine bessere Zukunft ermöglichen zu können.

Langsam griff er in die Schublade des Pults und zog ein stabiles Holzlineal von fast vierzig Zentimeter Länge hervor.

Damit ausgerüstet trat er hinter die Frau und betrachtete das wohlgeformte Gesäß. Dabei fiel ihm der verräterische dunkle Fleck genau zwischen ihren Beinen auf.

‚Na warte, du Luder', dachte er insgeheim, ‚das Ganze macht dir also auch noch Spaß. Ich werde dir zeigen, wie ernst die Sache ist!'

Damit trat er etwas zur Seite, holte mit dem Lineal aus und ließ es mit einer weit ausholenden Bewegung kräftig auf das vor ihm liegende Hinterteil knallen. Die Wucht des Schlages presste Elke die Luft aus den Lungen, mit einer so heftigen Intensität der Hiebe hatte sie nicht gerechnet.

Bevor sie protestieren konnte, hatte sie bereits den zweiten Hieb empfangen. Ihr Protestgeschrei kam aber nicht zur Geltung, weil es sofort in schmerzhaftes Jaulen überging. Ihr Versuch, durch Aufspringen dem Lineal zu entkommen, wurde vom alten Lehrer vorhergesehen und vereitelt: Er hatte mit dieser Reaktion gerechnet und drückte den Oberkörper seiner ehemaligen Schülerin mit harter Hand sofort wieder zurück auf das Pult. Durch den Stoff ihrer dünnen Bluse und ihren BH hindurch spürte Elke die harte Holzplatte. Durch ihr heftiges Winden rieben ihre Brüste über die raue Fläche, was ihre Nippel hart wie Stein werden ließ. Beinahe schon unangenehm drückten die Brustwarzen gegen den Stoff des sie einengenden BH. Die dadurch entstandenen Lustgefühle brachten ihren Muschisaft verstärkt zum Fließen, sodass sich der Fleck auf ihrem Slip rasch vergrößerte.

Herr Ahrends beobachtete Elke aus den Augenwinkeln, und auch wenn er aus seiner Position die zunehmende Feuchtigkeit im Höschen seiner Delinquentin nicht sehen konnte, erahnte er die Vorgänge in ihr. Er war nicht weltfremd und hatte schon viel in seiner Zeit als Lehrer gesehen. Dennoch ließ er sich davon nicht beeindrucken. Ganz im Gegenteil, wieder und wieder ließ er das Holzlineal auf die Kehrseite der Frau herabsausen. Zwischendurch befühlte er immer mal wieder die Globen und spürte die zunehmende Hitze ihres Hinterns. Durch den dünnen Höschenstoff schimmerte zudem eine zunehmende Röte hindurch, womit er die Wirkung seiner Hiebe gut einschätzen konnte.

Elke kam es so vor, als ob ihre Züchtigung stundenlang andauern würde, dabei erlebte sie nur die schlimmste Viertelstunde ihres Lebens. Am liebsten hätte sie ihren Schmerz laut herausgeschrieen, aber instinktiv traute sie sich das nicht. Es war wie früher bei ihren sexuellen Eskapaden, da durfte sie ihre Lust auch nicht laut hinausschreien, weil man sie sonst in flagranti erwischt hätte.

Längst schon brannten ihr Hinterteil vor Schmerz und ihr Schlitz vor Lust. Immer heftiger wand sie sich unter dem eisernen Griff des alten Lehrers.

Aber schließlich war es vorbei. Die Hiebe hörten auf und der Griff von Herrn Ahrends lockerte sich, bis er sie schließlich ganz freigab.

Elke erhob sich aus ihrer Strafposition und wollte ihre Kleidung richten, aber die Beine zitterten so heftig, dass der alte Lehrer sie stützen und zu ihrem Stuhl führen musste.

Dort angekommen, stöhnte Elke beim Hinsetzen vor Schmerz auf, zu heftig hatte ihr Po gelitten. Aber zugleich spürte sie diese animalische Lust in ihrem Schlitz. Bevor Herr Ahrends reagieren konnte, hatte Elke bereits eine Hand in ihren Schlüpfer geschoben und sich zwei Finger in den Schlitz gesteckt. Ohne ihre Umgebung auch nur im Geringsten wahrzunehmen, fingerte sie sich vor den fassungslosen Augen ihres ehemaligen Lehrers bis zum Höhepunkt. Als es ihr kam, seufzte sie voller Wohlgefühl, aber das Jucken in ihrem Schlitz war noch nicht vorüber. Also fingerte sie weiter, und bescherte sich zwei weitere Orgasmen. Erst danach kehrte sie langsam in die Realität zurück. Es dauerte etwas, bis sie bemerkte, was sie gerade getan hatte. Herr Ahrends schaute abwechselnd in ihr Gesicht und auf ihre Körpermitte, und langsam dämmerte es ihr, dass sie sich gerade vor ihrem alten Lehrer befriedigt hatte. Zudem noch hatte sie mehrmals hintereinander masturbiert.

„Das – das…" Sie rang nach Worten.

„Kein Problem", erklang die einfühlsame Stimme ihres alten Lehrers, „du weißt jetzt, was deinem Hintern blüht, wenn Viola über die Stränge schlägt. Ich werde Dich für jede Kleinigkeit hart, aber angemessen bestrafen. Danach kannst du von mir aus deine Lust ausleben und nach Herzenslust masturbieren."

„Aber – was ist, wenn Viola sich bessert und es keinen Grund für meine Bestrafung gibt?", fragte Elke beinahe erschrocken.

„Dann kommst du trotzdem her und wir widmen uns deinen früheren Verfehlungen und deiner heutigen Lethargie. Es wäre doch gelacht, wenn aus dir nicht doch noch etwas Anständiges werden würde. Einverstanden?"

„O ja, sehr gerne!", hauchte Elke. Sie wusste, dass es viel aufzuarbeiten und auch aktuell viel zu korrigieren gab, aber sie war bereit, sich ihrer Vergangenheit und Gegenwart zu stellen sowie eine gute Mutter zu sein. Vielleicht hatte Herr Ahrends Recht und sie hätte viel früher mit Strenge behandelt werden sollen. Aber noch war sie jung genug, um etwas ändern zu können – notfalls motiviert durch einen ordentlichen Povoll.

Im Schutze der Dämmerung

Sie kommt sich unglaublich verrucht vor, als sie bei Anbruch der Dämmerung ihren Wagen auf den Rastplatz neben der Autobahn lenkt. Ihre Körpermitte glüht vor Verlangen unter dem kurzen Rock, der nur knapp ihr Gesäß bedeckt. Gleich wird sie sich einen Traum erfüllen und sich gegen Geld wildfremden Männern anbieten. Angst verspürt sie keine, nur unglaubliche Lust auf dieses Abenteuer.

> Nun ist es soweit,
> sie verbindet zwei Wünsche:
> Gier nach Geld und Sex.

Überraschung beim Parkplatzsex

Endlich war es Freitag! Ein wunderschöner Sommertag neigte sich seinem Ende entgegen und es würde nicht mehr lange dauern, bis die Dämmerung den Tag beschließen würde. Doro, die eigentlich Dorothea hieß, aber seit sie denken konnte von allen immer nur ‚Doro' gerufen wurde, bereitete sich akribisch auf den Abend und die Nacht vor. Immerhin waren der Freitag- und der Samstagabend die Zeiträume, in denen sie ihrer Lieblingsbeschäftigung problemlos nachgehen konnte – Parkplatzsex! Sie liebte es, sich lüsternen fremden Männern (und manchmal auch Frauen) zu präsentieren und mit ihnen zu vögeln. Natürlich achtete sie darauf, dass ihre Sexualpartner einen sauberen Eindruck machten und beim Sex ein Kondom verwendeten – zumindest die Männer, bei den Frauen war das naturgemäß anders. Heute hingegen wollte sie sich einen Mann suchen, denn seit Tagen juckte ihre Möse heftig vor Lust. Natürlich hatte sie ausgiebig masturbiert, aber das hatte ihr nur wenig Erleichterung verschafft. Deshalb wollte sie sich heute oft und hart ficken lassen.

Die Internetplattform, auf der die Orte und die Termine für die Treffen bekannt gegeben wurden, hatte für heute neben einigen anderen Parkplätzen auch einen ganz in ihrer Nähe gemeldet. Dafür bereitete sie sich nun vor, denn am Wochenende konnte sie ihrem Hobby ausgiebig nachgehen, während innerhalb der Woche das frühe Aufstehen und die Arbeit hinderlich waren. Umso mehr Mühe gab sie sich am Wochenende mit dem Styling. Ausgiebig geduscht hatte sie inzwischen und auch ihren Darm gespült – man wusste ja nie, ob nicht auch der Hintereingang gestopft werden würde.

Bei der Kleidung war sie zunächst unschlüssig, entschied sich dann aber für einen weißen Stringtanga, über den sie einen schwarzen Faltenminirock zog. Obenrum legte sie einen weißen Büstenhalter mit viel Spitze an und zog ein T-Shirt darüber – das ließ sich schnell ausziehen, wenn es zur Sache gehen würde, und es war ebenso schnell angezogen, falls die Polizei aufkreuzen sollte. Der Parkplatzsex war nämlich manchen Mitmenschen ein Dorn im Auge, sodass sie die Staatsmacht anriefen, die wiederum wegen ‚Erregung öffentlichen Ärgernisses' ermittelte. Inzwischen war Doro lange genug in der Szene dabei und kannte diverse Ausreden und Vorsichtsmaßnahmen wie schnell überzuwerfende Oberbekleidung.

Bei den Schuhen hätte sie gerne ein Paar mit hohen Absätzen angezogen, aber nicht jeder Mann wollte eine Frau vor den Augen der anderen Szeneangehörigen auf der Motorhaube nehmen, sondern zog es vor, sich mit ihr hinter einem Busch zu vergnügen. Dafür wären hohe Absätze jedoch absolut ungeeignet, sodass sie sich seufzend für ein paar Schuhe mit flachen Absätzen entschied.

Zum Abschluss trug sie noch dezent Schminke auf und betrachtete sich im Spiegel. Daraus schaute sie ihr fünfunddreißigjähriges, schlankes Ich an, das sehr sexy aussah. Sie überlegte, ob sie ihre langen, schwarzen Haare zu einem Pferdeschwanz binden sollte, entschied sich aber dagegen. Wie so oft trug sie es heute offen.

Dann machte sie sich auf den Weg. Binnen einer halben Stunde hatte sie die Autobahnauffahrt erreicht und war nach weiteren zehn Kilometern Fahrt am Treffpunkt angekommen. Es war ein normaler kleiner Parkplatz, der um diese Uhrzeit anders als die großen Rastplätze kaum frequentiert wurde. Also ideal für ein Treffen von Leuten, die sich vergnügen und Sex haben wollten.

Als Doro ankam, waren schon zwei Dutzend Wagen auf dem Parkplatz. Im Licht der Scheinwerfer konnte sie sehen, dass sich bereits einige Paare gebildet hatten, von denen manche schon heftig bei der Sache waren. Bei deren Anblick fühlte sie sofort die Feuchtigkeit zwischen ihren Beinen, aber zuerst musste sie einen Parkplatz finden. Das war angesichts der begrenzten Größe des Parkplatzes und der bereits abgestellten Fahrzeuge nicht so einfach, aber schließlich fand sie in der hintersten Ecke noch einen Stellplatz. Vor und neben ihr erhob sich ein kleines Waldstück, das den Parkplatz auf den von der Autobahn abgewandten Seiten einrahmte.

Doro warf einen letzten Blick in ihren Taschenspiegel, dann stieg sie aus und ging zu den Wartenden, die sie mit großem „Hallo!" begrüßten. Sie erkannte viele vertraute Gesichter, sodass zur Begrüßung viele Umarmungen und Küsse ausgetauscht wurden.

In der nächsten Viertelstunde wurde vordergründig viel gescherzt und gelacht, aber insgeheim suchte jeder nach seinem ersten Sexualpartner für dieses Treffen. Doro entschied sich schließlich für Wolfgang, der in der Gruppe noch neu war und etwas abseits stand. Ihr fiel auf, dass sich niemand um einen Kontakt zu ihm bemühte, weder von den Frauen noch von den schwulen Männern.

Herausfordernd trat sie vor ihn hin: „Na, Schatz, so weit abseits?"

Überrascht schaute er sie an: „Ja, irgendwie – scheine ich noch nicht dazuzugehören." Entschuldigend fügte er hinzu: „Ich bin neu hier."

„Ja, ich erinnere mich." Dann ging sie zu dem eigentlichen Grund ihrer Anwesenheit auf dem Parkplatz über: „Und, wie ist es: Gefalle ich dir?"

„Oh – äh, ja, sehr gut sogar", kam seine beinahe schüchterne Antwort.

„Keine Sorge", beruhigte sie ihn, „hier gibt es nichts gefährliches, nur wilden, hemmungslosen Sex." Sie lachte fröhlich.

„Ja, das – das ist gut - davon habe ich gehört und deshalb – deshalb bin ich auch hier", erwiderte er etwas verkrampft.

„Nicht so verkrampft, mach dich locker! Du bist doch schon bei einem Parkplatztreffen gewesen, also weißt du ja, wie es läuft", ermunterte sie ihn.

„Nun ja, ich war zweimal dabei, aber - aber ich hatte keinen Sex."

Überrascht starrte Doro den recht gut aussehenden Mann an. Sie konnte nicht glauben, dass sich keine Frau für ihn interessiert hatte.

„Kein Sex? Hat dir niemand gefallen?"

„Oh doch, aber – aber denen hat meine Neigung nicht gefallen."

Jetzt war Doros Neugier geweckt. „Irgendetwas Perverses?", fragte sie mit unschuldigem Augenaufschlag. Dabei dachte sie an ihren ersten Analsex, den sie bei einem solchen Treffen gehabt hatte – diese Spielart hatte sie vorher auch als etwas abartig eingestuft, bis man sie eines Besseren belehrt hatte.

„Ich – ich mag es, Frauen vor dem Ficken auf den Po zu hauen."

„Das ist doch nicht schlimm, viele Männer geben ihren Frauen Klapse, nicht nur beim Sex. Das kann sehr antörnend sein! So etwas machen hier auch viele", antwortete sie schulterzuckend.

„Ich meine nicht einfach nur Klapse, sondern – na ja, also richtig den Po voll hauen", flüsterte er.

„Oh – also nur Schläge, aber keinen Sex?"

„Doch, den auch – aber erst danach, nach dem – äh - Versohlen würde ich gerne ficken wollen."

Doro fühlte deutlich die Nässe zwischen ihren Beinen. Da sie nur einen Stringtanga trug, gab es nicht genug Stoff, um die Feuchtigkeit aufnehmen zu können, sodass ihr der Saft an den nackten Beinen hinablief. Irgendetwas an seiner Neigung reizte sie. Um sich selber besser verstehen zu können, hakte sie mit belegter Stimme nach: „Versohlst du mit der Hand oder mit irgendwelchen Gegenständen?"

„Mit der Hand – aber hier wollte sich niemand darauf einlassen, weil die Gefahr bestehe, dass das jemand falsch interpretieren und die Bullen rufen würde – wenn die aufkreuzen, wäre das Treffen gesprengt, hieß es. Ich denke aber, dass sich niemand vor den anderen überlegen und schlagen lassen wollte aus Angst, dass das dann jeder mit ihnen machen wolle."

Sie nickte verstehend, aber zugleich reizte es sie auf unerklärliche Weise, diese für sie neue sexuelle Spielart auszuprobieren.

,Warum nicht mal den Hintern versohlt bekommen', fragte sie sich daher, ,schließlich liebe ich es doch auch, hart genagelt zu werden.'

Laut meinte sie: „Man könnte es doch auch hinter einem Busch machen, dann würde es niemand sehen."

„Ja, aber die Klatschgeräusche wären gut zu hören, und dann würde jemand aus Sorge, dass da jemand misshandelt werden würde, nachsehen. Somit wäre die Intimität weg und die Frauen, mit denen ich gesprochen habe, hatten Angst, dann bei jedem Parkplatztreffen als Prügelmädchen angesehen zu werden und nur noch solche Typen abzubekommen."

„Ja, das kann ich verstehen.'"

„Ich auch, aber ich wollte es heute ein letztes Mal mit Parkplatztreffen probieren. Aller guten Dinge sind Drei, heißt es ja immer, und dies ist mein dritter Besuch eines solchen Treffens. Wenn es heute wieder nicht klappt, werde ich mich von der App abmelden."

„Und, wie siehst du deine Chancen?"

Er wurde traurig. „Es sieht nicht gut aus. Wenn ich auf eine Frau zugehe, wendet sie sich schnell einem anderen zu, und außer dir spricht keiner mit mir."

Doro warf einen verstohlenen Blick in die Runde. Tatsächlich waren die Anwesenden mit ihren Flirts und einige mit wildem Sex beschäftigt, aber dennoch warfen alle immer wieder mehr oder weniger diskrete Blicke zu Doro und Wolfgang hinüber. Fast schien es, als ob sie mit Spannung darauf warteten, ob sie sich auf Wolfgangs Spiel einlassen oder ihm eine Abfuhr geben würde.

„Der Parkplatzsex lebt von seiner Diskretion - das Stöhnen beim Sex kann man zum Teil unterdrücken, aber das Klatschen von Schlägen nicht. Angesichts der ausufernden Gewalt gegen Frauen ist es natürlich, dass dann sofort jemand kontrollieren kommt, ob alles in Ordnung ist – wir kennen uns hier zwar nicht mit vollem Namen, sind aber trotzdem eine eingeschworene Gemeinschaft."

„Ja, das verstehe ich ja, und mir wäre es auch lieber, dass ich ein anderes Faible hätte. Leider ist es, wie es ist, und damit muss ich klarkommen."

„Hast du denn schon mal eine Frau aus sexuellen Gründen geschlagen?"

„Ja, eine frühere Schulfreundin, mit der ich dann sieben Jahre verheiratet war. Sie war ganz wild darauf, von mir übers Knie gelegt und versohlt zu werden – und nicht selten war das unser Vorspiel für hemmungslosen Sex." Sein Blick war bei diesen Worten in weite Ferne gewandert.

„Was ist passiert?"

„Krebs. Ganz plötzlich – sie hat gekämpft, aber nach drei Monaten hatte sie verloren und ist gestorben."

Doro konnte sehen, wie ihm Tränen die Wange hinabliefen. Er musste seine Frau sehr geliebt haben.

Einem Instinkt folgend nahm sie ihn in den Arm: „Schon gut! Wie lange ist das jetzt her?"

Leise schluchzte er: „Vier Jahre."

„Hast du seitdem Sex gehabt?"

„Nein, ich brauche das Versohlen als Kick, und Professionelle wollen dafür verdammt viel Geld haben. Also lebe ich enthaltsam und hoffe, eine neue Frau zu finden. Weil ich aber in meinem Bekannten- und Kollegenkreis meine Neigung nicht offen auszusprechen traue, ist es schwierig. Ich meine, ich sehe das ja hier schon: ‚Alles geht, nichts ist unmöglich', heißt es auf der Webseite, aber niemand will etwas mit mir zu tun haben, weil sie mich für pervers halten. Aber von dieser Gruppe kann ich mich jederzeit zurückziehen, während ich mit den Kollegen weiterhin zusammenarbeiten muss. Und der Freundes- und Bekanntenkreis dürfte auch sehr stark schmelzen, weil mein Faible ja von vielen Menschen als pervers angesehen wird."

Doro spürte seine Traurigkeit. Sie würde ihm gerne helfen, nur wie? Plötzlich dachte sie an ihre Teenagerzeit zurück, da wurde sie so manches Mal von ihrer Mutter mit dem Kochlöffel und von ihrem Vater mit der Hand verhauen. Das hatte immer recht weh getan, aber sie erinnerte sich auch immer wieder gerne an die Hitze zwischen ihren Beinen und wie sie irgendwann angefangen hatte, nach einem Povoll zu masturbieren – die Lustgefühle waren ihr dabei viel intensiver vorgekommen als wenn sie es sich ohne brennenden Po selber besorgt hatte.

Die Erinnerungen lösten bei ihr sofort große Lustgefühle aus! Ihr Schlitz juckte geradezu aufdringlich und begehrte einen Schwanz in sich, aber im Geiste wollte sie sich überlegen und von diesem Mann den Hintern versohlt bekommen. Doro war klar, dass das aus den besagten Gründen nicht hinter irgendwelchen Büschen ausgelebt werden konnte, sondern nur vor den Augen aller anderen – sofern die nicht mit sich selber beschäftigt waren.

Kurz entschlossen erklärte Doro: „Lass es uns machen!"

Wolfgang schaute sie etwas begriffsstutzig an.

„Komm", ermunterte sie ihn und griff nach seiner Hand, „lass uns zu deinem Wagen gehen. Da werde ich mich über die Motorhaube legen und du kannst mich ordentlich versohlen. Aber danach will ich von dir gefickt werden, und zwar richtig hart. Welches Loch du dir vornimmst, ist mir egal."

Er schluckte und schwankte. Noch war er sich nicht sicher, ob diese wunderschöne Frau wirklich meinte, was sie da sagte, oder ob sie sich einen Scherz mit ihm erlaubte.

„Wo steht dein Wagen?"

„Äh", langsam kam Bewegung in ihn, „dort drüben, ziemlich in der Mitte."

„Sehr gut, dann haben uns alle im Blick und können sich überzeugen, dass alles seine Ordnung hat." Beinahe entschuldigend fügte sie hinzu: „Mein Wagen steht da ganz hinten, und das könnte bei den anderen Befürchtungen wecken, aber mitten unter ihnen sollte es in Ordnung sein. Also komm!"

Dabei zog sie ihn zu den Autos. Nach ein paar Schritten übernahm Wolfgang die Führung und leitete sie zu seinem Wagen. Dort angekommen, fingen die beiden an, sich intensiv zu küssen. Seine Hände wanderten rasch von ihrem Rücken zu ihrem Gesäß hinab und gaben ihr zwei leichte Klapse. Als sich kein Protest regte, schlug er etwas kräftiger zu.

„Oh, ja, das ist gut", hauchte sie, „das ist wunderschön! Mach weiter!"

Jetzt war seine Hand unter ihrem Rock und fühlte die nackten Pobacken. Sofort zog er mit einer Hand den Rock hoch und versetzte ihr zwei scharfe Schläge, deren Klatschen über den Parkplatz schallten.

Sofort sahen alle alarmiert in ihre Richtung.

Doro hörte mit dem Küssen auf und legte sich über die Motorhaube seines Wagens.

„Los, schieb meinem Rock weit hoch und klatsch mir den Po hübsch rot!", forderte sie ihn auf.

Angesichts der Blicke aller Anwesenden kam er ihrem Wunsch zunächst nur zögernd nach. Aber er schob ihren Rock wie gewünscht bis zu den Hüften hoch, dann stellte er sich seitwärts von ihr auf und ließ nach einem kurzen Moment seine Hand auf ihre Kehrseite fallen.

„Oh, ja, schön!!!!", quittierte sie den Schlag.

Das gab ihm Mut, und er schlug erneut zu. Als wieder wohliges Gurren erklang, machte er weiter und versohlte das hübsche Hinterteil. Die anderen aus der Parkplatzsexszene scharten sich um Wolfgang und Doro, um sich das Schauspiel aus nächster Nähe anzuschauen. So etwas hatte noch keiner von ihnen erlebt.

Nach einiger Zeit ließ sich Doros Stimme vernehmen: „Schatz, bitte, das ist toll, aber – aber könntest du etwas fester zuschlagen? Bitte, bitte!"

Wolfgang wirkte keineswegs irritiert, denn nun war er in seinem Element. Nur zu gerne erfüllte er ihren Wunsch und verwandelte umgehend die festen Klapse in harte Schläge.

Doro spürte die Hiebe, den Schmerz und die Hitze, aber zugleich auch die Blicke von ihren zahlreichen Parkplatzfreunden. Ihr wurde schlagartig bewusst, dass sie sich öffentlich vor anderen Menschen züchtigen ließ – und das trieb ihre Lustgefühle in unglaubliche Höhen!

„Ja, Schatz, schlag mich, prügele mich durch, ich habe es verdient!", rief sie voller Ekstase.

Wolfgang genoss das Gefühl, diese wunderbare Frau schlagen zu dürfen ebenso wie ihre anfeuernden Rufe und das lustvolle Kreischen.

Doros Hintern brannte etwas von den Schlägen, aber das war nichts im Vergleich zu dem Höllenfeuer der Lust, das zwischen ihren Beinen alles zu verbrennen schien.

Als sie glaubte, dass die Lustgefühle sie um den Verstand bringen würden, rief sie ihm zu: „Jetzt, komm, bitte fick mich, ich halte es nicht mehr aus! Bitte, bitte, fick mich, fick mich so hart du kannst!!!"

Sofort ließ Wolfgang seine schon lange viel zu eng gewordene Hose fallen und trat hinter Doro. Ohne lange zu fackeln riss er ihr mit einem Ruck den String vom Leib und versenkte in der nächsten Sekunde seinen langen Schaft tief in ihrer Möse. Kaum spürte sie seine Eichel an ihrem Geschlecht, reckte sie sich ihm entgegen, um ihn so weit wie möglich in sich aufzunehmen. Danach folgten für kurze Zeit Stoßbewegungen, die von lustvollem Stöhnen begleitet wurden.

Doros Muschi war kaum von ihm gefüllt worden, als auch schon ihr erster Orgasmus explodierte als Zeichen, wie sehr sie die ganze Situation erhitzt hatte. Aber obwohl sie gekommen war, hielt Wolfgang nicht inne, denn er war noch nicht soweit. Es dauerte aber nicht mehr lange, und er ergoss sich in ihrem Geschlecht – was ihr augenblicklich einen zweiten Höhepunkt bescherte.

Als er sich aus ihr zurückzog, war sein Speer noch immer steif. Er fackelte nicht lange und steckte ihn sofort in ihren Anus. Sie reagierte mit wollüstigem Stöhnen.

„Oh, ja, pump mir den Arsch voll", jaulte sie, „spritz deinen Saft in meinen Hintern!"

Sofort ging er zu Stoßbewegungen über. Er spürte, wie sie ihm bei jedem Zustoßen Ihr Gesäß entgegenschob, um möglichst hart genommen zu werden. Eine solche Hingabe und Geilheit hatte er seit einer gefühlten Ewigkeit nicht mehr erlebt.

„Härter, bitte härter", keuchte Doro.

Sofort versuchte er, ihren Wunsch zu erfüllen.

„Oooh ja, das ist guuut, das ist so guuuut!!"

Als er sich schließlich in ihrem Anus verströmte, führte sie ein paar ihrer Finger in ihre Möse ein und masturbierte sich zu einem neuerlichen Orgasmus.

Schließlich ließen sie voneinander ab und sanken erschöpft neben dem Auto auf den Boden.

Die Umstehenden starrten fasziniert auf das Paar, dann brach ein unglaublicher Jubel aus! Dadurch wurden Doro und Wolfgang schnell in die Gegenwart zurückkatapultiert. Langsam dämmerte es ihnen, dass sie nicht nur vor zahlreichen Zuschauern gevögelt hatten, sondern auch vor den Augen aller eine Spankingsession praktiziert hatten.

Für Doro war die Erkenntnis, dass sie sich hatte öffentlich versohlen lassen, ein ungeheurer Schub an neuerlicher Lust. Sofort wurde sie wagemutig.

„Komm", raunte sie Wolfgang zu, „jetzt schlag mich mit dem Gürtel und fick mich dann in die Möse!"

„Aber – die Leute…", protestierte er schwach.

„Kein ‚Aber'!", zischte sie und nestelte bereits seinen Gürtel aus der Hose. Dann stand sie rasch auf und legte sich wieder über die Motorhaube. Den Gürtel hielt sie herausfordernd in ihrer Hand.

„Los, tu es!"

Die anderen Freunde von Parkplatzsex näherten sich wieder. Sie waren gespannt, was die beiden jetzt noch machen würden.

„Los, nimm endlich den Gürtel und hau mir den Arsch voll!"

„Na gut", meinte er, inzwischen ebenfalls von Lust beseelt, „wie hart möchtest du es denn bekommen?"

„Schlag mir den Hintern windelweich", lautete die prompte Antwort.

„Also hart?", vergewisserte er sich.

„Sehr hart", kam postwendend ihre Antwort.

„Na gut, wie du willst – wenn es zuviel werden sollte, sag es einfach!"

Als sie bestätigend nickte, holte er aus und schlug zu. Mit einem satten Klatschen landete der Lederriemen auf ihrem Hinterteil.

„Uh!", war ihre Reaktion.

Doro hatte angenommen, dass der Gürtel so schmerzhaft wie der Kochlöffel ihrer Mutter sein würde, aber da hatte sie sich getäuscht, denn der Schmerz war viel kräftiger. Dafür war aber auch das Lustgefühl, das sich sofort einstellte und ihr ganzes Geschlecht erfasste, deutlich intensiver.

Schon sauste der Gürtel erneut herab, dann ein drittes Mal, ein viertes Mal...

Weder Doro noch Wolfgang oder die Umstehenden zählten die Schläge mit, die sie empfing. Von den Zuschauern achtete jeder nur auf die sich vor Lust und Schmerz windende Frau, die noch lange nicht bereit war, um Gnade zu bitten.

Wolfgang keuchte nach einiger Zeit vor Anstrengung und Lust, denn die ganze Situation empfand er als ebenso anstrengend wie zugleich höchst anregend.

Doro erwies sich als sehr hart im Nehmen und steckte eine Vielzahl an Hieben augenscheinlich locker weg. Ihr Gesäß leuchtete bereits in einem kräftigen Rot, was aber wegen der spärlichen Parkplatzbeleuchtung nicht gut zu erkennen war. Sie wand sich auf der Motorhaube wie ein Aal, aber das war nicht nur wegen der Schmerzen, sondern auch zu einem Großteil ihrer Lust geschuldet.

Irgendwann war es aber doch genug, und eine erschöpfte Doro rief: „Aufhören, bitte aufhören, für heute reicht es!"

Sofort hörte er auf, sie zu peitschen.

Nach einem Augenblick der Still ließ sich wieder Doros Stimme vernehmen: „Fick mich jetzt, fick mich so hart wie möglich in den Hintern, bitte, bitte!"

Das ließ er sich nicht zweimal sagen, und so versenkte er sein Glied erneut in dieser wunderbaren Frau. Wie von ihr gewünscht nahm er erneut ihren Hintereingang, der herrlich eng war. Kaum in ihr drinnen, legte er los und vögelte sie.

„Härter", rief sie, „Tiefer, bitte noch tiefer – und härter! Ja, ja, so ist es gut, das ist so guuuuut!"

Beim letzten Wort explodierte ihre Lust in einem unglaublichen Orgasmus!

Kaum spürte er die Lustwellen durch ihren Körper rasen, konnte er seinen Saft ebenfalls nicht mehr halten und ergoss sich erneut tief in ihrem Hinterteil.

Danach sanken sie wieder erschöpft auf den Boden und blieben kurz reglos sitzen.

Von den Umstehenden wurden den beiden Wasserflaschen gereicht, die sie dankbar annahmen. Gierig leerte jeder von ihnen die erste Flasche.

„Das war wunderbar!", ergriff er schließlich das Wort.

„Ja, aber – meine Möse brennt noch vor Lust. Komm, fick sie!"

„Tut mir leid", stöhnte er, „meine Eier sind restlos leer. Du hast sie komplett ausgepumpt."

„Aber ich brauche noch einen Fick", maulte sie.

„Du kannst gerne masturbieren", schlug er vor.

„Das ist nicht das Gleiche, als wenn es mir jemand anderes besorgt." Dann kam ihr eine Idee: „Wenn deine Eier leer sind, kannst du nicht bumsen, aber du könntest mich lecken!"

Diesen Vorschlag musste er erst sacken lassen, aber dann kam Bewegung in ihn: „Stimmt, das kann ich machen. Also los, du geiles Luder, mach die Beine breit!"

Sofort kam sie seiner Aufforderung nach und spreizte weit die Beine. Es war ihr egal, dass sie den Umstehenden damit tiefe Einblicke in ihre Vagina gewährte, ganz im Gegenteil, das machte die ganze Sache für sie umso reizvoller. Aber noch bevor sie weiter darüber nachdenken konnte, spürte sie seinen Kopf zwischen ihren Schenkeln und gleich darauf seine Zunge an ihrem Geschlecht.

Das Sitzen auf dem Boden war zwar für sie wegen der vorangegangenen Auspeitschung ihres Gesäßes mit dem Lederriemen etwas unangenehm, aber die Schmerzen wurden rasch von puren Lustgefühlen überlagert, die von seiner Zunge erzeugt wurden.

Er leckte sagenhaft gut und bescherte Doro zwei weitere Orgasmen. Dann war es auch für sie genug.

Sie saßen noch bis weit in die Nacht hinein neben seinem Auto. Zunächst sprach keiner von beiden ein Wort, aber dann machte Doro den ersten Schritt: „Das war unglaublich!"

„Unglaublich schön oder unglaublich schlimm?"

„Unglaublich schön!"

Er lächelte zufrieden.

„Es war einfach ein tolles Gefühl, sich soweit fallen zu lassen! Natürlich geht es bei solchen Treffen immer um Sex, und ich bin schon von etlichen Leuten gevögelt worden, natürlich auch vor Zuschauern. Auch mit ein paar Frauen habe ich es schon getrieben, dann aber hinter einem Busch. Es macht mir also nichts aus, mich vor anderen nackt zu zeigen, aber heute bin ich in aller Öffentlichkeit mit der Hand und sogar mit einem Gürtel versohlt worden – ein unglaublich berauschendes Gefühl! Ich hätte nie gedacht, dass ich auf diese Weise Sex haben könnte, geschweige denn, dass es so toll wäre!"

„Es hat dir also gefallen?"

„Gefallen? Es war der Wahnsinn!!!"

„Würdest du – würdest du es gerne wiederholen? Mit mir?", fragte er hoffnungsvoll.

„Natürlich! Am liebsten gleich morgen!"

Erfreut willigte er ein: „Welcher Parkplatz ist morgen dran?"

„Nicht auf dem Parkplatz", lächelte sie, „bei mir! Dort habe ich neben verschiedenen Kochlöffeln auch eine langstielige Badebürste, die bestimmt gerne auf meinem Hintern tanzen würden."

„Das klingt – sehr vielversprechend. Ich habe noch Paddle, Rohrstöcke und ein paar andere Spielzeuge zu Hause – wenn du magst, könnten wir die vielleicht auch mal einsetzen."

Doro strahlte ihn an. „Großartige Idee! Du kommst morgen um zehn Uhr zu mir, dann können wir es nach Herzenslust treiben. Allerdings nicht so oft wie heute, denn meine Muschi ist etwas wund gefickt."

„Kein Problem", willigte er sofort ein.

„Bring auch ein Paddle mit – morgen ist Samstag und wer weiß, ob wir nicht am Abend doch zum Parkplatz fahren werden. Ich bin schon sehr gespannt, wie sich Schläge mit dem Paddle in der Öffentlichkeit anfühlen werden."

„Einverstanden! Aber du wirst dann keine Unterwäsche tragen – dann brauche ich dir keinen Slip vom Leib zu reißen, das würde auf Dauer etwas teuer werden – und außerdem wäre es schade um die guten Stücke!"

Glücklich fielen sie sich in die Arme. Beide spürten, dass hier, auf diesem kleinen Parkplatz an der Autobahn, etwas

Neues, etwas Großartiges begonnen hatte. Ihr Gefühl sollte sie nicht getrogen haben.

Lieber den Mund halten

Die Dämmerung bricht bereits herein, und es sind noch viele Kilometer zu fahren. Obwohl sie sicher fährt, hat er dank des Alkohols ständig etwas zu meckern. Er gibt einfach keine Ruhe, obwohl die Stimmung im Auto bereits sehr gereizt ist. Als es ihr zu bunt wird, hält sie auf einem einsamen Parkplatz am Straßenrand. Er hat die Wahl zwischen einem Fußmarsch nach Hause oder einer Tracht Prügel.

Man sollte still sein,
sobald es angebracht ist.
Geläutert durch Schmerz.

Schlampige Arbeit

Wie an jedem Arbeitstag brütete Matthias auch heute über dem Entwurf eines Bauprojekts. Als selbständiger Architekt konnte das Berufsleben zuweilen sehr hektisch und anstrengend sein, aber es war sein Traumberuf, weshalb er die unschönen Seiten immer sehr schnell vergaß. Dass er für seine Dienste sehr gut bezahlt wurde, erleichterte ihm aber auch die Akzeptanz der immer mal wieder auftretenden Hektik. Der Umstand, dass seine Frau Sabine für ihn als Sekretärin arbeitete, war ein weiterer Pluspunkt, der seine Arbeit versüßte. Zudem konnte er immer aufgrund ihrer Kenntnisse vom jeweils aktuellen Arbeitsanfall mit ihrem Verständnis rechnen, falls er sie mal wegen eines Problems auf einer Baustelle vernachlässigen musste. Seine Frau war sehr verständnisvoll und einfühlsam, aber manchmal meckerte sie dann doch. Das war aber kein Problem, denn wenn sie es in seinen Augen übertrieb, legte er sie einfach übers Knie. Die beiden liebten das Spanking und praktizierten es sowohl als erotische Variante wie auch als Strafspanking, wobei sich die Grenzen zwischen dem einen und dem anderen nur allzu schnell verschoben. Sabine liebte es, blaue Flecken oder gar Striemen vom Rohrstock auf ihrem Po zu haben, und wenn sie sich von ihrem Mann vernachlässigt fühlte, gab sie ihm einfach einen Grund für ein Strafspanking zu ihrer Lustbefriedigung.

Heute war es jedoch etwas anders: Zwar hatte der Tag recht ruhig begonnen, aber das änderte sich, als Matthias den Anruf eines Kunden entgegennahm. Dieser hatte für ein Projekt die Planung sowie eine Kostenkalkulation von Matthias erstellen lassen und wollte nun wissen, wie der Bearbeitungsstand sei.

„Sie wollten mir die Kostenaufstellung doch bereits vor vier Tagen zusenden", maulte der Bauherr verdrießlich, „aber ich habe noch nichts bekommen. Wie weit sind sie denn?"

Matthias hatte die Details zu dem Projekt im Kopf und versuchte seinen Kunden zu beruhigen: „Das ist alles fertig! Meine Sekretärin sollte ihnen alles in der letzten Woche zusenden. Das ist noch nicht angekommen?"

„Nein, sonst würde ich ja nicht anrufen. Ich muss ja auch planen und langsam in die Gänge kommen. Zeit ist Geld, das wissen sie ja selber."

„Wem sagen sie das!", seufzte Matthias, „Aber es wird ja einen Beleg vom Postamt geben. Ich werde mich gleich darum kümmern und mich wieder bei ihnen melden. Im Notfall werde ich einen Nachforschungsauftrag stellen und ihnen die Unterlagen vorbeibringen."

„In Ordnung, aber melden sie sich bitte noch heute! Immerhin muss ich die Finanzierung der Kosten sicherstellen und dazu ihre Kalkulation bei meiner Bank vorlegen."

„Selbstverständlich, ich melde mich sofort, wenn ich etwas weiß!"

Damit beendete Matthias das Gespräch und ging ins Vorzimmer, wo seine Frau gerade eines seiner Diktate abtippte.

„Du, Sabine", begann er, „der Schrader wartet schon seit ein paar Tagen auf seinen Kostenentwurf. Ich hatte ihn dir letzte

Woche gegeben mit der Bitte, alles bei der Post aufzugeben. Das machen wir ja üblicherweise per Einschreiben. Kannst du mir bitte den Einlieferungsschein raussuchen?"

„Na klar, kein Problem!"

Während sich Matthias wieder in sein Büro zurückzog, durchsuchte seine Frau die Papierstapel auf ihrem Schreibtisch, aber sie konnte den Einlieferungsschein nicht finden. Da sie stets auf Ordnung bedacht war und ihr eigenes System zum raschen Auffinden von Schriftstücken und Dateien hatte, wunderte sie sich über das Fehlen des Belegs. Immer hektischer suchte sie in ihren Unterlagen und sah sogar im Computer nach in der Hoffnung, den Papierbeleg eingescannt zu haben. Leider wurde sie auch dort nicht fündig,

Langsam stieg Panik in ihr hoch. Wenn der Beleg nicht zu finden war, musste sie ihn auf dem Rückweg vom Postamt in ihr Büro verloren haben.

‚Aber das wäre mir doch sofort aufgefallen', grübelte sie, ‚denn ich hätte den Beleg ja sofort ablegen wollen. Hätte ich ihn nicht mehr gehabt, müsste ich das sofort bemerkt haben. Sollte ich ihn auf dem Postamt vergessen haben? Aber auch das hätte ich doch bemerken müssen', grübelte sie.

Dennoch erschien ihr die Möglichkeit des vergessenen Belegs am wahrscheinlichsten zu sein. Es wäre zwar das erste Mal seit ihrem Arbeitsantritt im Büro ihres Mannes vor zehn Jahren gewesen, dass ihr ein solches Missgeschick unterlaufen wäre, aber einmal ist immer das erste Mal. Vielleicht auch in diesem Falle.

‚Ausgerechnet dieser Beleg ist jetzt so wichtig', stöhnte sie innerlich und haderte mit sich. Dadurch verfiel sie immer weiter in Selbstmitleid und vergaß darüber beinahe ihre weitere Suche nach dem Einlieferungsbeleg.

Endlich überwand sie aber ihr Selbstmitleid und versuchte, sich wieder auf die Suche zu konzentrieren. In Gedanken ging sie ihren seinerzeitigen Dienstgang in allen Einzelheiten durch und vergegenwärtigte sich jeden kleinen Handschlag, den sie dabei getan hatte. Sie konnte sich recht gut erinnern, nur gab es ein Problem: Sie konnte sich für den fraglichen Tag partout keinen Gang zum Postamt ins Gedächtnis rufen!

„Aber – ich bin doch…", murmelte sie vor sich hin. Dann kam ihr plötzlich ein schlimmer Verdacht! Sofort stürzte sie zu dem Korb mit den Postausgängen. „Letzte Woche war er ziemlich voll gewesen, und es war schon einmal ein Brief hinter den Schrank gefallen. Sollte das etwa wieder…", murmelte sie.

Nur wenig später hatte sie den Schrank etwas abgezogen – und tatsächlich lag dahinter das korrekt adressierte Kuvert mit dem Schreiben samt Anlage. Erleichtert stellte Sabine fest, dass nichts schmutzig geworden war, aber nun gab es ein neues Problem: Da das Schreiben nicht bei der Post aufgegeben war, konnte es auch keinen Einlieferungsschein geben. Der Kunde hatte sich also zu Recht beschwert, was Matthias nicht erfreuen würde. Schlimmer noch: Die Schuld für das Versäumnis lag bei ihr! Sobald ihr Mann das Malheur mit dem Kunden geklärt hätte, würde er ihr gegenüber sicher sehr ungehalten sein. Damit war es so gut wie gewiss, dass sie heute noch hart gezüchtigt werden würde. Bei diesem Gedanken rannen wohlige Schauer ihren Rücken hinab und entzündeten zwischen ihren Beinen ein Feuer der Lust, aber zugleich wurde ihr etwas mulmig. Wegen eines angebrannten Essens hatte sie erst vor drei Tagen tüchtig Hiebe mit dem Rohrstock bezogen und die meisten Striemen waren noch immer deutlich sichtbar. Sabine dachte mit wachsendem Entsetzen an die Folgen, wenn ihr noch immer verstriemtes Gesäß erneut hart gepeitscht werden würde. Dennoch musste sie ihren Fehler beichten, daran führte kein Weg vorbei.

Mit großem Unbehagen entschloss sie sich, sofort ihren Mann zu informieren. Sosehr ihr auch eine Abreibung höchste Lust verschaffte und den anschließenden Sex zu einem himmlischen Erlebnis machte, wollte sie nicht so kurz nach der letzten Wucht erneut tüchtig Hiebe beziehen. Also legte sie sich eine Taktik zurecht, von der sie sich ein Umgehen der Bestrafung versprach.

Kurz entschlossen und nach einem tiefen Durchatmen klopfte sie wie eine brave Sekretärin an seine Bürotür und trat ein. Dabei hielt sie das Schreiben an den Kunden in Händen und hielt es beim Eintreten hoch.

„Gefunden!", flötete sie fröhlich.

„Ah, du hast den Einlieferungsbeleg", freute er sich, „dann werde ich gleich den Schrader anrufen."

Als er zum Hörer greifen wollte, wurde er von Sabine abgehalten: „Halt, nicht! Es gibt da ein – ein Problem."

„Ein Problem?", fragte er verblüfft, „Was denn für eines?"

„Nun ja", druckste sie zunächst etwas verlegen herum, bevor sie zu ihrem sorgfältig überlegten Angriff überging: „du hast den Entwurf in den Postkorb geworfen und da der wie schon so oft ziemlich voll war, ist der Brief hinter den Schrank gefallen. Ich habe ihn eben gefunden, als ich aus purer Verzweiflung über den nicht auffindbaren Einlieferungsbeleg den Schrank abgezogen habe. Er ist also nicht bei der Post aufgegeben worden." Mit diesen Worten hielt sie ihm den Briefumschlag hin.

Bei dieser Nachricht wäre Matthias vor Schreck beinahe vom Stuhl gefallen.

„Der Brief ist nicht raus gegangen?"

„Nein, weil du ihn nicht korrekt in den Postkorb getan hast. Was ja vor zwei Monaten schon einmal passiert ist."

Er schaute sich den Umschlag etwas genauer an und atmete dann tief durch, bevor er weiter sprach: „Meine liebe Sabine, wie du dich sicher unschwer erinnern wirst, konnte seinerzeit der Brief nur hinter den Schrank rutschen, weil du ziemlich sorglos mit dem vollen Postkorb hantiert hast. Du erinnerst dich bestimmt noch an die Strafe, die du dafür verbüßen musstest, oder?"

„Oh, ja", murmelte sie und strahlte innerlich bei dem Gedanken an ihre Bestrafung, „das war eine harte Tracht Prügel, die du mir damals verabreicht hast – mit sagenhaften Sex danach!" Man konnte ihre immer noch anhaltende Begeisterung beinahe mit Händen greifen.

„Nun ja, wie dem auch sei – zurück ins Hier und Jetzt", riss sie Matthias unsanft aus ihren Gedanken, „wie du unschwer erkennen kannst, ist der Brief an Herrn Schrader fertig einkurvertiert und mit unserer Maschine frankiert. So etwas mache ich nicht, weil das zu deinen Aufgaben gehört. Wenn du das Schreiben also in den Umschlag gesteckt und frankiert hast, dann kannst nur du ihn anschließend in den Postkorb gelegt haben. Ist er danach hinter den Schrank gerutscht, ist das also einzig und allein dein Verschulden!"

Sabine wurde blass. Ihr Mann hatte soeben tatsächlich die üblichen Arbeitsabläufe beschrieben, und vor diesem Hintergrund wäre es doch ihr Verschulden gewesen. Sie hatte nicht auf die Frankierung geachtet und sah nun ihre gesamte Verteidigung zusammenbrechen. Aber so leicht wollte sie sich dann doch nicht geschlagen geben, also versuchte sie sich herauszuwinden: „Vielleicht hast du die Unterlagen ja ausnahmsweise selber in den Umschlag gesteckt und ihn dann versandfertig gemacht, weil es so wichtig war."

„Nein, das habe ich noch nie gemacht. Warum stehst du nicht zu deinem Fehler?"

„Weil ich das nicht einsehe!"

„Aha, da hat jetzt jemand seinen Trotzkopf, was?"

„Pöh!"

„Okay, das reicht!", rief er ungehalten, „Erst verschlampst du einen wichtigen Geschäftsbrief und wenn dein Fehler ans Licht kommt, wirst du frech und kommst mir patzig! Na warte!"

Bei diesen Worten war er aufgestanden und hatte seinen Gürtel aus der Hose gezogen.

Sabine starrte halb erschrocken und halb lüstern auf den Ledergürtel.

„Was – was hast du vor?", fragte sie zaghaft.

„Na, was werde ich wohl vorhaben? Du bist trotzig, vorlaut und frech – tja, und ich habe einen Gürtel in der Hand. Du weißt ganz genau, was das bedeutet."

„Aber – aber...", stammelte sie, um dann etwas gefasster hinzuzufügen: „Okay, ich – ich gebe es zu, es war meine Schuld. Aber mein Hintern ist noch vom letzten Arschvoll ganz schlimm verstriemt, da wollte ich keine neuen Hiebe bekommen..."

„Tja, dein Plan ist gründlich schief gegangen", konstatierte er nüchtern, „gut, dass das Büro in unserem Haus ist, da kann uns niemand stören. Dass dein Hintern so schnell nach der letzten Züchtigung erneut leiden muss, hast du dir selber zuzuschreiben. Aber jetzt genug geredet - bück dich über den Besucherstuhl, damit ich dir deinen Trotz austreiben kann." Etwas gehässig fügte er hinzu: „Du kennst ja die Strafstellung zur Genüge."

Ja, die kannte Sabine nur zu gut. Schon oft hatte er sie in seinem Büro versohlt, weil sie einen Fehler gemacht hatte. Bei der Erinnerung an die vergangenen Bestrafungen und in Erwartung der bevorstehenden Tracht Prügel spürte sie das angenehme Kribbeln zwischen ihren Beinen. Dennoch siegte ihr Pflichtgefühl über ihre Lust und so wagte sie einen letzten

Einwand: „Was ist mit dem Schreiben, muss das nicht zur Post?"

Nach kurzem Überlegen erwiderte er: „Erst treibe ich dir den Trotz aus, danach wirst du das Schreiben persönlich zu Herrn Schrader bringen und dich für deinen Fehler entschuldigen. Sag ihm, dass du dafür eine Abmahnung bekommen wirst..." Weiter kam er nicht.

„Eine Abmahnung?", unterbrach sie ihn, „aber das geht doch nicht, ich bin doch deine Frau!"

„Als solche werde ich dich nach deiner Rückkehr mit dem Rohrstock für deine schlampige Arbeit bestrafen, aber als meine Angestellte bekommst du eine Abmahnung."

„Du willst mich wieder mit dem Rohrstock schlagen? Ich dachte, du nimmst den Gürtel? Außerdem: Schläge und Abmahnung wären eine Doppelbestrafung, das ist nicht in Ordnung!"

„Was in Ordnung ist oder nicht, bestimme ich!", herrschte er sie an, „aber davon abgesehen ist die Sache hier anders: Als meine Angestellte bekommst du eine Abmahnung, und als meine Frau eine Tracht Prügel mit dem Rohrstock für den verschlampten Brief. Die Hiebe mit dem Gürtel kassierst du wegen deiner Trotzreaktion! Und jetzt genug geredet, du sollst endlich für deinen Fehler büßen! Also los, bücken!!"

Das Kribbeln zwischen ihren Beinen hatte zugenommen, obwohl die angekündigten Hiebe ein Strafspanking sein würde – und mit Sicherheit ein überaus strenges! Dennoch konnte sie deutlich spüren, dass sie zwischen den Beinen sehr feucht geworden war. Die Aussicht auf einen tüchtig verhauenen Po, die demütigende Briefzustellung an den Kunden samt persönlich vorgebrachter Entschuldigung sowie die angekündigte Abmahnung als Angestellte hatte auf ihr Lustempfinden eine faszinierende und hocherotische Wirkung. Schon längst juckte ihre Muschi vor Verlangen so heftig, dass sich Sabine geradezu nach Erleichterung sehnte. Die konnte sie aber nur erlangen, wenn die Bestrafung endlich begann.

Ohne weiter zu lamentieren, kniete sie sich daher auf die Sitzfläche des Besucherstuhles und beugte sich tief über die Rückenlehne. Ihre ohnehin eng sitzende schwarze Stoffhose spannte sich dabei so weit, dass die Nähte zu platzen drohten. Dadurch wurde ihr prachtvolles Gesäß wunderbar in Szene gesetzt.

Matthias betrachtete beinahe ehrfurchtsvoll die ihm nur zu gut bekannte Kehrseite.

‚Was für ein Prachtarsch!', dachte er anerkennend.

Unter dem sehr dünnen Stoff zeichnete sich durch die enorme Spannung der Hose der Umriss von Sabines Höschen ab. Matthias wusste, dass sie heute einen weißen Slip mit Spitze an der Vorderseite gewählt hatte. Er liebte es fast genauso, sie in geschmackvollen Dessous zu sehen, wie er es genoss, ihren prachtvollen Hintern zu versohlen!

Endlich riss er sich von dem herrlichen Anblick los und hob den Arm. Gleich darauf sauste der Gürtel durch die Luft und traf auf den dünnen Hosenstoff. Obwohl der Hieb kraftvoll ausgeführt war, zuckte Sabine nur leicht zusammen. Sie bekam so oft ein Strafspanking, dass sie schon etwas abgehärtet war und ihr die ersten Schläge nie wirklich etwas ausmachten.

Die Hiebe zwei bis sechs steckte sie ebenso locker weg, aber bei den nächsten Hieben zeigte sie zunächst leichte Reaktionen, die aber schnell von Hieb zu Hieb intensiver wurden. Spätestens ab dem zweiundzwanzigsten Hieb ließ sie deutliche Schmerzlaute hören, während ihr hübsches Hinterteil immer heftiger zu wackeln begann, bis es schließlich von lauten „Aua!"-Rufen begleitet heftig hin und her geworfen wurde.

Matthias genoss die Reaktionen seiner Frau auf die erhaltenen Schläge. Er wusste, dass ihr Gesäß wegen der Hiebe brannte, aber aus Erfahrung wusste er ebenfalls, dass ihre Lustgrotte gerade wegen der bezogenen Hiebe genau jetzt in hellen Flammen stand! Schmerzen lösten bei ihr immer gewaltige Lustgefühle aus, weshalb sie nie genug Schläge bekommen konnte – bei einem Strafspanking galt das wegen der harten Hiebe zwar weniger, aber dennoch geilten sie auch diese Schläge mächtig auf, sodass sie Gefahr lief, sich in ihrem lustumnebelten Hirn zu überschätzen.. Es war daher seine Aufgabe, sehr genau auf das richtige Maß zu achten, damit sie keinen Schaden nahm und unter den Hieben zusammenbrach. Allerdings war ihm auch bewusst, dass sie so gut trainiert war, dass sie problemlos viele Hiebe einstecken konnte – auch die von der harten Sorte.

Während er nach jedem Hieb ganz genau beobachtete, wie sie darauf reagierte, peitschte er weiter den Frauenhintern, der sich ihm so einladend präsentierte. Längst schon war sein

Schaft steinhart und, soweit es seine Hose zuließ, zu voller Größe aufgerichtet. Zu gerne würde er seine Frau jetzt nageln, aber der Strafvollzug hatte Vorrang, zumal danach ja noch die Briefzustellung folgen sollte – letztere hatte grundsätzlich absolute Priorität, da die Konkurrenz zahlreich und gnadenlos war. Ein Fehler dieser Art konnte ihn einen Auftrag und ganz viel Reputation kosten.

Dennoch bestrafte er seine Frau für ihren vorhin gezeigten Trotz. Die wohlgesetzten Hiebe mit dem Gürtel prasselten auf ihr Gesäß nieder und ließen ihren ‚Gesang' immer weiter anschwellen. Seine Faszination für Sabines Hinterteil, deren Formen von der stramm sitzenden, dünnen Hose bestens betont wurden, ihre Reaktionen unter den Schlägen sowie seine bis zum Anschlag angeschwollene Lust hatten ihn beim Zählen der Hiebe durcheinander gebracht. Sie musste aber schon um die siebzig Hiebe bezogen haben, als ihm langsam bewusst wurde, dass der Brief noch zu seinem Kunden gebracht werden musste. Kurz entschlossen unterbrach er daher ihre Bestrafung – zudem würde er sie ja nachher wie angekündigt mit dem Rohrstock fortsetzen.

„Los, komm her!", befahl er.

Etwas mühselig erhob sich Sabine aus ihrer Strafposition und verharrte neben dem Stuhl.

„Hierher!", kommandierte er barsch.

Gleich darauf stand sie vor ihm.

„Auf die Knie! Du darfst mir zum Dank für meine Mühe einen blasen!"

„Ich – ich bin auch geil – magst du mich ficken?", fragte sie lüstern.

„Nein, nicht jetzt! Du wirst mir jetzt den Schwanz lutschen und meinen Saft schlucken. Danach wirst du versohlt und aufgegeilt mit nasser Möse den Brief zum Kunden bringen und anschließend sofort wieder nach Hause kommen. Da werde ich dann mit dem Rohrstock auf dich warten, und wehe, wenn du unterwegs trödeln solltest!"

Sabine wusste aus Erfahrung, dass jeder weitere Vorschlag von ihrem Mann als Aufsässigkeit ausgelegt und entsprechend bestraft werden würde. Da sie aber bereits eine unglaublich tolle Wucht bezogen hatte und nachher obendrein noch Stockschläge bekommen würde, verzichtete sie auf jegliche Widerworte. Stattdessen öffnete sie seine Hose, aus der ihr sofort sein erigierter Penis entgegen sprang. Sie fackelte nicht lange, sondern griff beherzt zu und ließ ihre Zunge mehrmals seinen Schaft entlang gleiten. Sie spürte, wie erhitzt er war und stülpte deshalb rasch ihren Mund über sein Glied. Während ihre Möse wild pochte und vor Lust brannte, kümmerte sie sich wie befohlen nur um seine Lusterfüllung.

Sabine musste nicht lange an seiner Stange lutschen, denn so heiß wie er war, kam es ihm beinahe sofort. Ein heftiger Schwall Sperma quoll aus seinem Penis und ergoss sich in ihrem Mund. Wie angeordnet schluckte sie seinen gesamten Samen. Da es jedoch eine größere Menge war, hatte sie einige Probleme, alles aufzunehmen. Es wäre nicht gut gewesen, wenn etwas davon auf dem schönen Teppich gelandet wäre, denn sie liebte sein Sperma und wollte alles in sich aufnehmen – und wenn sie kleckern würde, könnte er das als einen weiteren strafwürdigen Grund ansehen. Sosehr sie auch Strafen liebte, genügte ihr heute der bereits durch die Gürtelhiebe brennende Hintern und die in Aussicht gestellten Stockschläge.

Endlich hatte er sich ausgespritzt. Mit ihrer Zunge fuhr sie das Glied entlang und kümmerte sich intensiv um die Säuberung seiner Eichel. Kaum war sein Glied wieder schön sauber, begann er auch schon zu drängeln: „Los jetzt, ab zu Herrn Schrader! Wie gesagt: Du wirst zerknirscht sein, dich vielmals entschuldigen und ihm sagen, dass du für deine schlampige Arbeit eine Abmahnung bekommen wirst. Sollte in nächster Zeit irgendetwas vorfallen, könntest du dir eine neue Arbeit suchen – sag ihm das!"

„Aber – er weiß doch, dass ich deine Frau bin. Meinst du, dass er die Sache mit der Abmahnung und Kündigungsandrohung glauben wird?"

„Keine Ahnung. Wenn er mich fragen sollte, werde ich es bestätigen, und die Abmahnung bekommst du ja – du musst sie nur noch schreiben, falls ich nicht dazu kommen sollte. Damit könnte ich sie ihm schwarz auf weiß präsentieren. Ansonsten geht es nicht darum, was er glaubt oder auch nicht glaubt, sondern dass du für deinen Fehler büßt – und Demut tut dir gut, also kannst du sie gegenüber einem Kunden an den Tag legen."

„Das – das ist irgendwie erniedrigend."

„Eine Strafe ist eben keine Wohltat – und da du dir das alles selber zuzuschreiben hast, solltest du jetzt mit der Jammerei aufhören! Hättest du den Brief nicht verschlampt, wäre dir all das erspart geblieben!"

Sabine hätte gerne widersprochen, aber sie sah ein, dass er Recht hatte. Es war ihr Fehler gewesen, und bei dem Gedanken, sich gegenüber Herrn Schrader, einem netten Mittsechziger, demütig geben zu müssen, ließ gleich wieder den Lustsaft in ihr sprudeln. Auch die anzusprechende Abmahnung war eine große Demütigung für sie, was ihre Geilheit in ungeahnte Höhen steigen ließ. Am liebsten hätte Sabine sofort masturbiert, aber das würde ihr Matthias nicht erlauben.

Schon riss er sie aus ihren heißen Gedanken: „Denk dran: Nicht trödeln! Wenn du wieder hier bist, bekommst du deine Strafe für die schlampige Arbeit – in Form einer hübschen Tracht Prügel mit dem Rohrstock! Dann aber nicht auf deine hübsch enge Hose, sondern erst auf den Schlüpfer und danach auf den nackten Hintern. Also los, ab mit dir, ich will dich so schnell wie möglich unter dem Stock büßen lassen!" Dabei grinste er sie lüstern an.

Sabine nickte nur, während sie sich den Mund abwischte und ihre Kleidung kontrollierte und richtete. Dann machte sie sich auf den Weg.

Das Büro der Firma Schrader war nicht weit entfernt, und sie kannte den Weg. Da man sie dort ebenfalls kannte, wurde sie gleich zum Firmeninhaber vorgelassen.

„Hallo, Herr Schrader", begann sie etwas verlegen, „ich – ich muss ihnen ein Geständnis machen: Mein Chef hat mir den Brief an sie zum Versand gegeben und ich habe es – nun, wie soll ich es sagen – ich habe es versemmelt. Das Ganze tut mir schrecklich leid, und ich hoffe, dass es keine negativen Konsequenzen für ihre Planung haben wird."

Obschon Schrader ein knallharter Geschäftsmann war, konnte er hübschen Frauen nicht wirklich böse sein. Ganz besonders dann nicht, wenn sie so zerknirscht und verlegen vor ihm standen wie Sabine. Zudem hatte er auch keinen Grund, um ihr böse zu sein, denn es war noch genug Zeit für die Vorbereitung auf das Gespräch mit der Bank. Insgeheim empfand er sogar Mitleid mit ihr: ‚Sie steht da wie ein Häufchen Elend', dachte er. Laut sagte er: „Da hat ihr Mann ihnen sicher tüchtig die Leviten gelesen, oder? Hoffentlich hat er sie nicht zu sehr ausgeschimpft?"

„Na ja, er ist immer noch ziemlich sauer auf mich", erwiderte sie kleinlaut, wobei sie die Bestrafung mit dem Gürtel und dem Rohrstock lieber für sich behielt, „weshalb er mich tüchtig ausgeschimpft hat. Und dabei will er es nicht belassen: Ich werde eine Abmahnung wegen ‚schlampiger Arbeitsweise' bekommen, und beim nächsten Vorfall will er mir kündigen." Ein verräterisches Glitzern in ihren Augen verriet das Entstehen von Tränen.

„Eine Abmahnung? Donnerwetter!", staunte Schrader, „Er ist doch ihr Mann!"

„Ja", entgegnete sie kleinlaut, „aber er trennt berufliches und privates strikt voneinander. Im Büro bin ich seine Angestellte, nicht seine Frau – also werde ich nachher die Abmahnung bekommen, daran führt kein Weg vorbei."

„Das tut mir leid!"

„Na ja, das passt schon, ich habe es ja wirklich verbockt. Aber jetzt muss ich wieder zurück – ich sollte ihnen den Brief nur schnell vorbeibringen, um keine weitere Postlaufzeit zu haben – und ihnen meine Schuld gestehen. Es war mein Fehler, nicht der von meinem Mann."

„In Ordnung, alles kein Problem!"

Damit verabschiedete sich Herr Schrader von Sabine. Beim Verlassen des Bürogebäudes fühlte sie eine unglaubliche Nässe in ihrem Slip. ‚Hoffentlich hat es keinen Fleck auf der Hose gegeben', sorgte sie sich. Im Auto sah sie verstohlen an ihrer Hose hinab und erkannte tatsächlich einen verräterischen Fleck im Schritt, der sich langsam zu vergrößern schien. ‚Nur gut', dachte sie, ‚dass die Hose schwarz ist, da fällt der Fleck nicht so auf.' Es wurde höchste Zeit, die Bestrafung hinter sich zu bringen, damit Matthias sie tüchtig bumsen konnte. Vor der vollständigen Strafverbüßung würde er ihr diesen Gefallen nämlich nicht tun in dem Wissen, dass sie neben den Schmerzen auch ihre Geilheit beinahe um den Verstand bringen würde.

Deshalb eilte sie rasch nach Hause. Dort wartete ihr Mann bereits im Wohnzimmer auf sie, den Rohrstock demonstrativ vor sich auf dem Tisch liegend.

„Wo warst du solange?", herrschte er sie an.

„Ich..."

„Sag nichts, du hast getrödelt in der Hoffnung, dass sich mein Ärger über deine Schlamperei gelegt hat. Aber weit gefehlt, du wirst jetzt deine gerechte Strafe bekommen, und das nicht zu knapp! Also weg mit deiner Hose und der Oberbekleidung!"

Sie zog es vor, umgehend zu gehorchten. Sekunden später stand sie nur mit ihrem Slip bekleidet vor ihm. Da sie die Arme hinter den Rücken hielt, konnte er ihre blanken prallen Brüste ausgiebig betrachten. Sie interessierten ihn immer, aber heute war ihm etwas anderes wichtiger: „Umdrehen und die Hände hinter den Kopf falten!", kommandierte er.

Sofort gehorchte sie widerspruchslos. Langsam strichen seine Hände über ihre Kehrseite, wobei er ihre Reaktionen testete. Sie zuckte nur unmerklich, was bedeutete, dass sie die Hiebe mit dem Gürtel gut verkraftet hatte. Den großen Fleck im Schritt ignorierte er geflissentlich. Ihn hätte es viel mehr überrascht, wenn das Höschen trocken gewesen wäre.

‚Sie ist gut, sowohl beim Kassieren von Hieben als auch in ihrer Geilheit', dachte er stolz und glücklich zugleich.

Laut sagte er: „Los, über den Tisch beugen."

Ohne etwas zu sagen, nahm sie gehorsam die angeordnete Strafposition ein.

„So, du faules Stück Mist, jetzt werde ich dir die Schlamperei bei der Arbeit austreiben!"

Sein letztes Wort war noch nicht ganz verhallt, als auch schon der Stock hart auf ihrem Hinterteil landete.

„Uh!", entfuhr es ihr.

Diesen Laut gab sie auch bei den folgenden drei Hieben von sich, aber dann steigerte sich neben der Lautstärke auch ihre Reaktion: Von „Au!" über „Aua!" bis hin zu einem immer gequälter werdenden „Auuuuaaaaaaa!"

Matthias kannte ihre Reaktionen in und auswendig, ebenso ihre Nehmerqualitäten. Zwar achtete er auf ihre Reaktionen, aber die waren den Umständen entsprechend normal.

Nach zwanzig Stockschlägen befahl er: „Schlüpfer ausziehen und sofort wieder bücken!"

Stöhnend gehorchte sie.

Kaum reckte sie ihren nackten Unterleib dem Stock entgegen, setzte er ihre Bestrafung fort. Der Gürtel hatte ihr Gesäß bereits hübsch malträtiert, aber nun wurden dessen Spuren von den roten Striemen des Rohrstocks überlagert – und es war für Sabine noch nicht vorbei! Obwohl Matthias richtig geil auf sie war, züchtigte er seine Frau weiter und stanzte ein hübsches Gittermuster auf ihren Hintern.

Mehr als zwanzig weitere Male knallte der Stock auf den prallen Frauenhintern, aber dann konnte Matthias es nicht mehr aushalten. Rasch ließ er Hose und Unterhose fallen und steckte seinen steifen Speer in den Hintereingang seiner Frau. Er wusste, wie sehr sie ihn in ihrer Möse spüren wollte, aber den Gefallen wollte er ihr vorerst noch nicht tun. Also musste ihr Poloch zu seiner Befriedigung herhalten. Er war so scharf, dass er sie innerhalb von kurzer Zeit zweimal besamte. Als er sich aus ihr zurückzog, triefte ihr Anus vor Nässe, und Samentropfen liefen aus ihrem Loch und tropften als kleine Samenfäden auf den Boden. Es war ihnen beiden egal, denn sie waren zu erschöpft von den Ereignissen der letzten Stunden.

Als beide wieder etwas ruhiger atmeten, nahm er ein Blatt Papier vom Beistelltisch und wischte seinen Penis damit ab. Dann klebte er das Schriftstück seiner Frau auf die Stirn: „Da, deine Abmahnung! Lass dir das eine Lehre sein, du Faultier!"

Instinktiv wollte Sabine das Schriftstück von ihrem Kopf entfernen, aber Matthias hinderte sie daran: „Das bleibt da kleben!", befahl er barsch.

Sie nickte stumm und ergeben.

„Ab in die Ecke! Wenn die Abmahnung auf den Boden fällt, kriegst du noch eine Wucht hintendrauf!"

„Oje", stöhnte sie, „das würde ich wohl nicht aushalten."

„Meinetwegen", versetzte er, „dann kriegst du eben Hiebe auf die Schenkel!" Als sie ihn erschrocken ansah, fügte er hinzu: „Also sieh zu, dass der Wisch an deiner Stirn kleben bleibt!"

„Ja, Chef", antwortete sie mit gesenktem Blick. Gleich darauf wagte sie zu fragen: „Ich bin total geil – möchtest du mich ficken?"

„Jetzt bin ich erstmal leer, und ich denke, dass es dir nicht schaden wird, wenn du mit heißer und unbenutzter Möse in der Ecke stehst. Und jetzt keine weiteren Diskussionen – ab in die Ecke, oder ich peitsche dich dorthin!"

Sie setzte sich automatisch in Bewegung. Die nächste halbe Stunde stand sie splitternackt in der Ecke, während die Abmahnung an ihrem Kopf klebte, von seinem Sperma gehalten. In ihrem Lustloch tobte ein Höllenfeuer, das sie zu verzehren drohte. Darum rieb sie heimlich ihre Beine aneinander, um sich wenigstens etwas Erleichterung zu verschaffen, aber natürlich kannte Matthias seine Frau und ihre Tricks gut genug. Kaum bemerkte er ihre unbotmäßige Handlung, als er ihr auch schon mehrmals den Gürtel über den Rücken peitschte und „Stillstehen!" befahl.

Irgendwie schaffte es Sabine, auch diese Strafe zu überstehen. Als sie endlich die Strafecke verlassen durfte, konnte es Matthias kaum erwarten, sein Glied tief in ihrer Möse zu versenken. Da er aber im Laufe des Tages schon dreimal gekommen war, schaffte er es nur mit Mühe, seine Frau noch ein weiteres Mal zu beglücken. Den Rest des Abends durfte sie sich aber vor seinen Augen mehrmals mit einem Vibrator selbst befriedigen. Was sie ausgiebig tat – und durch diesen Anblick noch einmal seine Lust weckte. Also vögelte er erneut ihre Möse, bis sie beide fast gleichzeitig einen Höhepunkt hatten. Danach schliefen sie erschöpft ein. Kurz bevor ihr die Augen zufielen, dachte Sabine: ‚Ich sollte mal wieder einen Brief verschlampen!' Nach kurzem Nachdenken fügte sie jedoch hinzu: ‚Aber erst in ein paar Wochen!' Sie spürte heftige das Brennen der Hiebe auf ihrem Gesäß und ahnte, dass sie in nächster Zeit keinen Fehler mehr machen durfte - noch einen Povoll würde sie nicht verkraften können! Aber wenn erstmal die Striemen vom Stock und die blauen Flecken vom Gürtel halbwegs verschwunden wären, könnte sie es vielleicht doch wieder wagen. Mit diesen Gedanken kuschelte sie sich an ihren Mann und schlief vor Erschöpfung sofort ein.

Ebenfalls von I. DIGAS lieferbar:

Es tanzt der Gelbe Onkel

Stöckchenreime und Lehrgedichte für Spankingfreunde,

ISBN 978-3-7347 7254-2

Strenge Frauen und ihre Männer

Spankinggeschichten über dominante Frauen

ISBN 978-3-7519-2154-1

Erziehe mich mit Strenge

Spankinggeschichten über dominante Männer und ihre

Frauen

ISBN 978-3-7519-5906-3

O du Schmerzhafte

Weihnachtliche Spankinggeschichten

ISBN 978-3-7526-2716-9

Gleich und Gleich bestraft sich gerne

Spankinggeschichten F/F und M/M

ISBN 978-3-7543-14-73-9

Faszination Spanking

Essays über Rohrstockspiele

ISBN 978-3-7543-5644-9

Geliebte Feuerküsse

Spankinggeschichten

ISBN 978-3-7562-1029-9

Liebevolle Feuerküsse

Neue Spankinggeschichten

ISBN 978-3-7568-3268-2

Bücher befreundeter Autoren:

Andy Daring

Es dirigiert die Peitsche

Bitter-süße SM-Poesie

ISBN 978-3-7460-9213-3

Gedanken über den Sadomasochismus

Essays zum Thema BDSM

ISBN 978-3-7519-8327-3

Die dunkle Lust der Seele

BDSM-Geschichten und Essays

ISBN 978-3-7534-2138-4

Gerd Süßmann

Aus dem Leben eines Adult Babys

Ein Erwachsener mit Windel

ISBN 978-3-7519-2138-1

Wegen Inkontinenz zum Adult Baby

Vom Mann zum erwachsenen Babymädchen

ISBN 978-3-7526-8366-0

Yvonne Satin

Ich öffne mich für dich

Erotische Gedichte

ISBN 978-3-7519-5476-1